외옹치의 추억

■ 정명철

서울 출생. 목사.
저서로 『조직신학 입문』, 『오순절신학의 실체』, 『왕초보 예수 믿기 이렇게』, 『십자가에서 떨어진 목사』, 소설 『남북통일』 등이 있다.

외웅치의 추억
© 정명철, 2017

1판 1쇄 인쇄__2017년 01월 10일
1판 1쇄 발행__2017년 01월 20일

지은이__정명철
펴낸이__이종엽
펴낸곳__글모아출판
    등록__제324-2005-42호

공급처__(주)글로벌콘텐츠출판그룹
    대표__홍정표
    이사__양정섭
    편집디자인__김미미 **기획·마케팅**__노경민
    주소__서울특별시 강동구 천중로 196 정일빌딩 401호
    전화__02-488-3280 **팩스**__02-488-3281
    홈페이지__http://www.gcbook.co.kr
    이메일__edit@gcbook.co.kr

값 12,800원
ISBN 978-89-94626-54-3 03810

정명철 장편소설

외옹치의 추억

글모아출판

차례

1부

안개 속으로 들어서다

운하는 마치 꿈을 꾸는 것 같았다.

우등버스의 창밖으로 보이는 세상은 아까 미시령 터널을 지난 후부턴 갑자기 온통 눈 천지로 변해 있었다. 멀리 뿌연 바다 위의 구름과 뒤섞여 완전히 다른 세상이 지금 운하의 눈앞에 펼쳐졌다. 어렴풋이 눈안개 속에 보이는 1월의 속초는 운하에게 지금 회색이었다. 어제 밤늦게까지 마신 술의 숙취가 몰려왔다. 운하는 내리는 대로 해장국이나 한 그릇 먹어야겠다고 생각했다. 그때 운하의 스마트폰에서 진동이 울렸다.

"김 변호사님 지금 어디예요?"

조금은 짜증이 섞인 오십대 후반 이 사무장의 굵은 목소리가 들려왔다.

"전 오늘하고 내일 재판 스케줄 따로 없습니다."

운하는 퉁명스럽게 대답했다.

"그래요?"

"… 지금 속초 가는 중입니다. 만날 사람이 있어서요. 오늘 밤늦게, 아니면 내일 올라갈 겁니다."

운하는 시큰둥하게 말을 하고는 전화를 끊었다. 사실 만날 사람은 없었다. 운하는 근 10년 만의 속초행이었다. 새벽 갈증에 눈을 뜬 운하는 갑자기 동해의 바다 냄새가 그리워졌다. 아무런 이유도 없었다. 바로 일어나 강남터미널로 가 속초 행 우등버스에 몸을 실었던 터였다. 대학선배 박인재 변호사의 사무실에 지금 얹혀 있는 운하는 이혼소송 2건, 막걸리 폭력이라 부르는 동네 아저씨들의 주취사건 1건, 증권회사 직원의 소액 횡령사건 1건의 변호를 맡고 있었다. 또다시 스마트폰의 진동이 울렸다.

"어디세요?"

이번엔 사무실 여직원 민정의 목소리가 밝게 들렸다.

"속초."

"언제 오세요?"

"오늘밤이나 내일."

운하는 건조하게 말했다.

"잘 다녀오세요."

운하는 답답했다. 속이 울렁거렸다. 오늘의 여행은 진짜 우발적이었다. 아직도 꿈을 꾸는 것 같았다.

10년 만에 본 속초의 고속버스 터미널은 몰라보게 달라져 있었다. 현대식 건물로 깨끗하게 새로 단장된 터미널은 프랜차이즈 레스토랑과 커피숍으로 채워져 있었고 한겨울의 눈길 탓인지 한적했다. 대합실의 젊은 남녀가 힐끗 운하를 보았다. 터미널을 나서는 운하의 콧속으로 찬바람이 확 들어왔다. 비릿한 바다 냄새가 묻어났다. 운하는 해변으로 내려갔다. 저만치 속초해수욕장이 눈에 들어왔다. 차가운 눈바람 속에서도 두꺼운 외투와 목도리로 무장을 한 민박집 아주머니들이 팔을 끄는 것을 뒤로하고 운하는 잘 포장된 해변도로를 지나 하얀 눈이 쌓인 백사장에 섰다. 뿌연 하늘과 섞인 바다는 그 끝을 알 수가 없었다. 이따금 백사장과 닿아 길게 조성된 나무판자형 블럭이 가로로 깔린 산책로로 몇몇 노인들이 숨을 몰아쉬며 걷고 있었다.

운하는 길게 심호흡을 한 번 하고 옛 기억을 되살려 외옹치를 거쳐 대포항까지 걷기로 했다. 그곳에 가면 뭔가 아침 요깃거리가 있을 듯 했다. 속이 찢어질듯이 아팠다. 이유를 알 수 없는 공허감이 온몸에 가득 차 함께 올라왔다. 피곤했다. 바다를 향해 숨을 다시 한 번 몰아쉬었다.

해변 끝까지 이어진 산책로를 따라 소나무 숲을 오른편에 끼고 걸은 운하는 그 끝에서 바다 쪽으로 기암괴석의 절경을 이루며 대포항 사이에 작은 언덕 같이 튀어나온 외옹치 옆으로 새로 생긴 해변도로를 통해 가려다가 외옹치 언덕 위로 작은 오솔길이 있는 것을 발견하고는 그쪽으로 발길을 돌렸다. 눈이 쌓인 조그마한 밭이랑 사이로 난 길 끝에 이르자 그곳에는 마디가 굵지 않은 대나무 숲이 이어지고 있었다. 운하는 그 언덕을 넘어 대포항에 이르리라 생각하고는 대나무 틈을 헤

치고 숲속으로 들어갔다. 얼마간 대나무 숲을 헤집고 들어가던 운하는 갑자기 앞에 펼쳐진 광경에 눈을 의심했다. 넓게 탁 트인 공터에 바다가 맞닿아 있는 마당이 대나무 숲을 병풍처럼 뒤로 두르고 그 가운데 작은 오두막이 하나 있었다. 그곳은 마치 이 세상과는 완전히 단절된 다른 장소 같았다. 마당 끝 바다 쪽 공터는 외옹치 절벽의 끝까지 닿아 있어, 엄청난 장관이 지금 운하의 눈앞에 펼쳐져 있었다. 온통 대나무 숲에 둘러싸인 잘 정돈된 마당 끝에 바로 하늘과 끝없는 바다가 아무런 막힘도 없이 펼쳐져 있는 것이었다. 그 아래엔 바로 바위 절벽이었다. 그 끝에 누군가 자주 앉았던 듯 낡은 나무 벤치 하나가 그 바다 쪽을 향해 놓여 있었다. 어찌 이리 도시 가까이 관광객들이 북적대는 유명장소 틈에 이런 침묵의 장소가 있을 수 있는지 운하는 믿어지지가 않았다.

"계세요?"

운하는 시멘트 블록으로 만들어진 작은 오두막이라 부르기엔 좀 쑥스러운 낡은 집으로 다가가 주인을 불렀다. 갈증이 나기도 했지만 바다를 향해 운하도 잠시 앉아 쉬고 싶었다. 방 한 칸에 열린 마루방 하나가 전부인 그 작은 집은 집기나 가구라곤 하나도 보이지 않았다. 툇마루 앞에 남성용 신발 한 켤레가 가지런히 놓아져 있는 것으로 봐선 안에 누군가 살고 있는 듯 했지만 아무런 기척이 없었다. 운하는 바다 쪽을 향해 나있는 마루방 끝에 걸터앉으며 다시 한 번 주인을 불렀다.

"안에 누구 안 계세요?"

그때 갑자기 대나무 숲속에서 웬 할머니 한 명이 불쑥 나오며 걸쭉한 소리로 크게 불렀다.

"정씨 있어?"

운하는 깜짝 놀라 자세를 바로 하고 그 할머니를 쳐다보았다. 마치 자신이 지금 무슨 죄라도 짓다 들킨 듯한 착각을 잠시 했다.

"전… 지나가다 잠깐….'

운하는 겸연쩍게 말했다.

그녀는 운하는 거들떠보지도 않고 대뜸 큰소리를 치며 방으로 성큼성큼 들어갔다.

"정씨. 고구마 삶아 왔어. 우리 아저씨가 갖다 주래. 좀 먹어봐. 자나? 왜 이리 조용해?"

운하는 마루에 걸터앉아 바다를 바라보았다. 바다 쪽
으로만 대나무 숲이 열려있고 그 틈으로 끝없는 바다와
하늘의 구름이 그림처럼 펼쳐져 보였다. 운하는 참 오
랜만에 마음의 안정 같은 것을 느꼈다. 평화로웠다. 이
상하게도 운하는 그곳이 낯설지가 않았다. 마치 오래전
부터 와본 듯한 느낌이 들었다. 그때 방에 들었던 할머
니가 작은 소리로 중얼거리며 나왔다.

"오메, 오메, 죽었네…. 우리 이발사 아저씨 죽었
어…."

그리고는 가져 왔던 고구마 봉지를 주섬주섬 든 채로
뒤도 돌아보지 않고 왔던 길로 사라져 갔다. 운하는 마
루에 걸터앉아 휘적휘적 돌아가는 할머니의 뒷모습을
보고 잠시 멍한 기분이 들었다. 상황 파악이 잘 되지
않았다. 운하는 신을 벗고 방으로 들어가 보았다.

원룸 형태의 생각보다 넓은 방은 욕실과 주방시설이
한편에 마련되어 있었고 그 방 가운데 한 노인이 깨끗
이 정돈된 매트리스 위에서 가슴에 두 손을 얹고 이불
을 배까지 덮은 모습으로 반듯이 누워 있었다. 방 안의
모든 집기는 이미 다 정리가 된 듯 깨끗했다.

운하는 가까이 다가가 그 얼굴을 보았다. 약간은 야윈 듯한 얼굴의 노인은 깨끗하고 하얀 모습이었다. 할머니의 말대로 이발사라고 하기엔 뭔가 귀하고 감히 범하지 못할 어떤 묘한 위엄 같은 것도 느껴졌다. 조용히 웃고 있는 형상이었다. 그리고 그의 베게 옆에 메모가 한 장 있었고 거기엔 정자로 조금 크게 글씨가 쓰여 있었다.

[이제 때가 되어 저는 몸을 떠납니다. 저의 주검을 처리해 주시기 바랍니다. 수고를 끼쳐 드려 죄송합니다.]

유서인 듯 했다. 운하는 혼자 중얼거렸다.
"몸을 떠난다…?"
변호사인 운하는 묘한 직업적 흥미를 느꼈다.
그리고 그 옆에 주민등록증 하나와 그리 두껍지 않은 노트 한 권이 반듯하게 놓여 있었다.
나이는 64세. 이름은 '정오정'이었다. 그리고 노트 겉장에 작은 글씨로 뭐라고 쓰여 있었다. 운하는 노트를 집어 들었다.

"누구든지 이 노트를 처음 보시는 분은 이 노트가 경찰이나 제 가족의 손에 들어가지 않도록 보관해 주시면 고맙겠습니다."

운하는 자신도 모르게 노트를 있던 자리에 바로 내려 놓았다. 직업적 행동이었다. 그리고 정오정이라는 노인의 얼굴을 찬찬히 내려 보았다. 시신이라고는 느껴지지 않을 정도로 깨끗하고 평화로운 얼굴 모습이었다. 운하를 보고 조용히 웃고 있었다. 운하는 일어나 마당으로 나갔다. 생각을 정리 좀 해야만 할 것 같았다.

운하는 지금 새벽부터 자신에게 일어나고 있는 모든 일들이 마치 꿈속에서 무엇에게 끌린 듯 현실감이 없었다. 어제 밤늦게까지의 과음, 그리고 새벽의 갈증과 지금도 이어지고 있는 고통스런 숙취, 이유 없는 속초행, 어떤 노인의 주검…. 운하는 마당 끝의 벤치로 가서 앉았다. 어느새 아침 안개가 다 걷히고 맑고 파란 바다 위에 해가 뜨고 그 구름 사이로 하얀 갈매기들이 날고 있었다. 벤치 바로 앞엔 꽤 높은 바위 절벽이 깎여 있어 운하 바로 앞까지 겨울바다가 들어온 듯 했다. 너무나도 아름다웠다. 운하는 사실 이런 느낌을 언제 가져봤나 기억이 나지 않을 정도로 요즘 생활이 짜증스러웠었다. 운하는 지금 비록 모르는 노인이지만 한 사람의 주검을 앞에 두고 이런 아름다운 감정을 가질 수 있다는 것이 조금은 당황스러웠다. 운하는 일어나 다시 방으로 들어갔다. 그리고는 아무런 망설임 없이 그 노트를 집어 자신의 배낭에 넣고는 핸드폰을 켰다.

"여보세요? 경찰이지요? 여기 시신이 한 구 있습니다. 자살인 것 같고요. 신고하는 겁니다."

운하는 위치와 자신의 신상을 알려주고는 전화를 끊었다. 그때 밖에서 어수선한 소리가 들렸다. 운하는 문을 열고 마루방으로 나왔다.

"뭐야? 정씨가 죽어?"

"그렇다니까."

아까 그 할머니가 동네사람들을 모아서 온 것이었다. 열 명은 족히 넘어 보이는 사람들이 대나무 숲에서 줄지어 한마디씩하며 마당으로 들어왔다.

"거참, 좋은 사람이었는데…."

"뭐야? 왜 죽어? 어제까지도 멀쩡하던 사람이…."

"왜? 누가 죽인거야?"

"정씨가 병이 있었나?"

"어제 내 머리 깎아줬는데….”

한 노인이 혀를 차며 믿기지 않는 듯 말했다. 그러다 마루에 엉거주춤 서있는 운하를 보고는 의심스런 눈빛으로 물었다.

"댁은 누구여?"

"아, 네. 저도 지나가다 우연히 봤습니다."

운하는 괜스레 뭔가 멋쩍은 표정이 되어 말했다.

사람들은 운하에게는 더 관심 없다는 듯 운하를 밀치고 방으로 몰려 들어갔다. 운하는 마루에 서서 그들 어깨 너머로 죽은 노인을 보았다. 그중 하나가 죽은 노인의 어깨를 들치며 큰 소리로 말했다.

"이봐, 정씨. 뭐해? 일어나봐. 왜 그래?"

그러자 누군가 조용히 말했다.

"벌써 죽었구먼 그래…."

그러자 다들 한마디씩 말을 보탰다.

"건들지 마."

"신고부터 해야지."

"거참…!"

다들 믿기지 않는다는 표정들이었다.

"정씨가 어디 병이 있었나?"

"자살인데 뭘 그래? 여기 유서도 있구만. 딱 보면 몰라?"

"어휴! 아직 한창인데 죽긴 왜 죽어?"

아까 처음 죽은 노인을 보았던 할머니가 혀를 찼다. 그때 운하가 한마디 했다.

"신고는 제가 이미 했습니다."

"혹시 당신이 죽인 거 아녀?"

그러자 누군가 정색을 하며 운하를 날카롭게 쳐다보았다. 운하는 쓴웃음을 지었다.

"정씨가 여기 온 지 한 십 년 됐지?"

아까 운하에게 말을 걸었던 그 노인이 운하를 힐끗 한번 쳐다보고는 혼잣말처럼 계속 중얼거렸다.

"참 좋은 사람이었는데….'

"누구예요?"

운하가 모두를 쳐다보며 물었다.

"몰라. 누군지. 우리도 아무도 몰라."

다들 서로 얼굴을 쳐다보며 동시에 대답했다.

"여기 가끔 노인정에 와서 우리 머리 공짜로 깎아 주던 것밖엔 몰라. 여기 사람들은 전부 그것밖엔 몰라."

죽은 노인의 어깨를 들치며 깨우던 사람이 말했다. 그러자 옆의 남자가 말을 보탰다.

"여기서 혼자 한 십 년 살았지? 그것밖엔 우리도 아무 것도 몰라. 그지?"

한 남자가 주위를 둘러보며 동의를 구하듯 말했다.

"아무하고도 말 안했어."

"그래도 사람은 워낙 좋았지. 친절하고….."

"인상도 좋았지."

그때, 높지 않은 외옹치 고개 아래에서 요란한 경찰 사이렌 소리가 들려오더니 잠시 후 한 무리의 정복경찰들이 숨을 헐떡이며 대나무 숲 사이에서 마당으로 뛰어들어왔다.

"어디예요?"

마루에 서있던 운하에게 제일 먼저 뛰어온 경찰이 묻더니 대답은 필요도 없다는 듯이 방으로 들어가며 사람들에게 말했다.

"전부 나가세요."

사람들은 경찰의 등장에 마치 자신들이 죄인이라도 된 듯이 쭈뼛거리며 방에서 나왔다.

"신고자가 누구예요?"

뒤따라 들어온 경찰 중 한 사람이 사람들을 둘러보며 말했다.

"접니다."

운하가 말했다.

"이 사람만 남고 다른 분들은 다 마루에서 나가세요."

한 경찰이 말하며 운하에게로 다가왔다.

운하는 숨을 한번 깊게 들이마셨다.

뭔가 정신을 차려야만 할 것 같았다. 지금 이상하게 일이 꼬이는 것을 운하는 직감적으로 느꼈다. 아침에 느닷없이 일어나 이곳 동해안으로 온 지 이제 몇 시간이 지나지 않았다. 그리고 지금의 이 이상한 죽음에 얽힌 것이었다. 예감이 안 좋았다.

"이름은 김운하. 36세. 서울변호사회에 소속된 변호사입니다."

수첩을 들고 앞에 선 경찰에게 말했다. 경찰은 그 말

에 흠칫 놀라는 듯하더니 운하를 대하는 태도가 바로
달라졌다.

"그런데 어떻게…?"

"네. 오늘 아침에 저는 이곳 속초에 여행을 왔고 이
집 앞을 지나다 우연히 보게 된 것입니다. 그래서 바로
신고를 했습니다."

"네에? 그러세요? 감사합니다."

운하의 신상을 받아 적으며 경찰이 공손하게 말했다.

"아까 그 유언장 같은 메모도 제가 제일 먼저 봤습니
다."

"네. 그렇죠? 유언장…. 외로운 노인의 자살이겠지
요? 무슨 외상도 없어 보이고."

경찰도 무슨 큰 사건은 아니라는 듯이 혼잣말로 쉽게
운하의 말을 받았다. 마치 그랬으면 좋겠다는 투였다.

운하는 머리맡에 있던 그 노트에 대해서는 말하지 않
았다. 변호사인 그는 자신이 그것을 따로 보관하여 치
운 것이 법적으로 어떤 의미를 갖는지 너무도 잘 알고
있었다. 하지만 그는 그렇게 하는 것이 죽은 자에 대한
예의라고 무의식적으로 간단히 생각했다. 마치 그 죽은

20

노인의 메모 한 장에 그는 빨려 들어가는 것 같았다. 그때만 해도 그는 그 후에 이 일로 인해 자신의 인생이 얼마나 달라질지는 상상도 못했다. 그때 방에서 큰소리로 무전기를 통해 죽은 노인의 신상을 경찰서에 불러주던 다른 경찰의 목소리가 들렸다.

"뭐야?? 십 년 전에 실종신고가 된 사람이라구? 여기 지금 죽어있어!! 죽어있다니까!!!"

그 경찰이 밖으로 나오며 운하에게 말했다.

"잠깐만 어디 가지 마시고 여기 좀 계셔주시겠어요?"

"네."

운하는 감정 없이 말했다.

"다른 분들은 여기서 나가시고 좀 멀리 떨어져 주세요."

그러는 사이 다른 수사관들이 몰려 들어왔다. 운하는 방과 마루에 가득 찬 경찰들 사이를 비집고 마당으로 나왔다. 하늘은 맑게 개어 있었고 벌써 점심때가 되어 있었다. 운하는 아까의 그 벤치로 가서 앉았다. 한낮이 되어 하늘까지 열리니 그 바다의 끝이 한눈에 들어오며 어두운 구름 위로 하얀 구름이 드러나기 시작했다. 파란 바다와 섞여 몇 년 전 운하가 스페인의 한 언덕에서 보았던 에메랄드빛 지중해와 생뚱맞게도 닮아 있다고 생각했다. 알지 못하는 한 노인의 죽음과는 아무 상관 없이 그 파란 바다와 외옹치의 갈색 바위절벽은 운하에게 지금 너무도 아름다웠다.

언덕 아래 멀리서 앰뷸런스 소리가 들리고 마당에서는 죽은 노인의 시신을 이제 간이침대로 옮겨내고 있었다. 아까 얘기를 나눴던 정복 경찰관이 운하에게로 다가왔다.

"김운하 변호사님. 오늘 서울로 올라 가실건가요?"

"아니, 아직 모르겠습니다."

"네. 그럼 혹시 모르니까 멀리 가진 마세요. 연락 가면 받아 주시고요. 감사합니다."

"알았습니다."

운하는 이상하게도 오늘 느닷없는 그 노인의 죽음에 자신이 끌려들어가고 있음을 느꼈다. 그런데도 그는 처음 본 그 노인의 깨끗하고 맑기까지 했던 주검의 얼굴이 잊히지 않았다. 그냥 이발사 같지는 않았다. 십 년 전에 실종신고가 된 사람이라니⋯. 운하는 호기심이 생겼다. 돌아보니 마당은 이미 조용해졌고 아무도 보이지 않았다. 집을 둘러싼 출입금지 테이프 라인만이 바람에 날리고 있었다.

　운하는 속이 쓰렸다. 이제야 자신이 어제 과음했음을 기억했다. 어렴풋이 서울 강남터미널에서 속초 행 우등버스에 몸을 실었던 기억이 났다. 바로 아까 새벽에 있었던 일인데도 그는 마치 먼 옛날을 기억하는 것 같았다. 자신이 뜬금없이 알지도 못하는 한 노인의 죽음에 목격자가 되고 최초 신고자가 되어 그 일의 한 당사자가 된 것이 조금은 우스웠다. 하지만 운하는 지금 자리를 툭툭 털고 일어서 자신의 길을 가자는 생각은 이상하게도 들지 않았다. 운하는 그 정오정이란 노인과 그 죽음에 대해 알고 싶어졌다. 그 유언 같은 메모의 글귀도 마음에 걸렸다. 이제 때가 되어 몸을 떠난다니… 처음 보는 표현이었던 것이다. 운하는 사법연수원 동기인 이경철 검사에게 전화를 걸었다. 그는 지금 마침 속초지청에 근무하고 있었다. 속초라면 그의 관할인 것이다. 이 검사는 바로 전화를 받았다.

　"네. 속초지청 이경철 검삽니다."

낮고 굵은 그의 목소리가 들렸다.

"어. 이 검사. 나 김운하야."

"네? 누구요?"

"나. 김변."

"뭐? 김운하 변호사? 내 동기 김변?"

"그래. 동기."

운하는 웃었다.

"야아! 이거 얼마만이야? 요새 어떻게 지내?"

경철이 반갑게 말했다.

"너도 알지? 박인재 선배. 그 선배 사무실에서 요새 얹혀 지내고 있어."

"야! 그래도 서울이잖아? 여기보단 낫네? 난 지금 바다 보면서 도 닦고 있구만."

경철은 껄껄 웃으며 말을 이었다.

"근데 웬일이야? 전화를 다하구?"

"아! 나 지금 여기 속초야. 아까 새벽에 내려왔어. 바람 좀 쐬려구."

"근데?"

"아침에 속초 해변 외옹치 고개를 산책하다 한 변사

사건을 내가 목격했어. 내가 신고했지.”

“뭐야? 그게 김변이었어?”

“알아? 그 사건?”

“응. 벌써 보고 들어 왔어.”

“누구야? 그 노인? 십 년 전에 실종신고된 사람이라던데?”

“왜?”

“아니, 좀 별난 거 같아서.”

“그래. 별나지. 사건이 크겠더라.”

경철은 정색을 하고 말을 받았다.

“누구야? 그 사람? 뭐 좀 아는 거 있어?”

운하는 묘한 사건의 전개를 예감하며 물었다.

“십 년 전에 서울 강남에서 제일 큰 교회였던 강변교회 당회장 목사 실종사건 혹시 기억나?”

운하는 기억을 더듬었다.

경철은 운하가 신고자라는 사실이 이상한 듯 조금씩 사무적으로 되어가며 말을 이었다.

“오늘 그 죽은 사람이 그 당회장 목사야. 김변이 처음 봤다는 그 사람.”

"뭐어?"

운하는 하마터면 들고 있던 스마트폰을 떨어뜨릴 만큼 놀랐다. 정말 의외였다. 운하는 어렴풋이 그때 그 사건이 생각이 났다. 강변교회 당회장 목사 실종사건으로 세간에 알려져 한동안 온 나라를 떠들썩하게 했던 사건의 주인공이 아까 자신이 본 그 이발사 노인이라는 것이었다. 운하는 그제야 혼잣말처럼 말했다.

"맞아. 기억나네. 그때 그 사람 결국은 못 찾았잖아?"

"그 목사가 오늘 아침에 자살한 그 노인이야. 김변이 본 그 죽은 사람이 정오정 목사야."

"이 검사 정말이야?"

정말 운하는 믿어지지가 않았다. 강변교회라 하면 그때 강남에서 성도 수가 10만 명 정도로, 제일 교인 수도 많았고 사회적 영향력도 막강한 것으로 알려졌던 초대형 교회였다. 그런 교회의 최고 수장인 당회장 목사가 십 년 전에 홀연히 사라졌다 십 년이 지난 지금 외옹치의 이 외진 블록 집에서 자살한 시체로 나타나다니 운하는 믿을 수가 없었다.

"지금 자료를 보니까 정확하게 십 년 전 바로 오늘,

그 목사는 잠깐 운전기사가 자리를 비운 사이 신촌 로타리 대로에서 아무 준비도 없이 평상시 입은 옷 그대로 홀연히 사라졌었어. 그리고 지금 그 시체로 나타난 거야. 그걸 김변이 목격하고 신고한 거고. 그동안 잘도 짱박혀 있었지.”

"그럼 타살일 수도 있다는 거야? 내가 보니 유서도 있고 주변이 잘 정돈되어 있던데? 외상도 없어 보이고.”

"그건 이제부터 조사해봐야지. 암튼 곧 또 한 번 세상이 발칵 뒤집히겠군. 벌써부터 기자들이 냄새를 맡고 오고 있어.”

이제 경철은 완전히 사무적인 이 검사가 되어 말투까지 변해 있었다.

"근데 김변이 그 시간에 왜 거기에 있었어?”

경철은 그제야 생각났다는 듯이 운하에게 물었다.

"그러게. 어제 술 한 잔 종로에서 마시고 답답해서 새벽에 괜히 고속타고 혼자 내려왔지. 내참…. 나도 지금 꿈꾸는 것 같아. 뭐가 뭔지도 내 지금 모르겠다.”

운하는 허허롭게 웃었다.

"해장은 한 거야?"

경철이 물었다.

"아니. 내 지금 뭐에 홀렸다. 정신도 없다."

"그래. 이따 밥이나 같이 먹자. 김변. 지금 나도 정신 없다. 바쁘게 생겼다. 이상한 목사 때문에. 전화 끊자."

경철은 농담인지 진담인지 모르게 말을 하고는 전화를 끊었다.

운하는 바람에 날리는 머리칼을 뒤로 넘기며 기억을 더듬어 보았다.

십 년 전의 신문 기사들이 하나씩 머리에 떠올랐다. 사실 운하의 기억에 의해도 십 년 전 강변교회 정오정 목사 실종사건은 대단한 이슈였다. 결국 그땐 그 결말이 안 났지만. 세간엔 사랑의 도피 행각 중이다, 자살했다, 살해되어 아무도 모르는 곳에 암매장되었다, 정치적인 이유로 은밀히 외국에 나갔다, 원한에 의한 살인이다, 교회 헌금을 횡령하고 도피중이다, 강도를 당했다… 등등 별의별 억측들이 난무했다. 그런데 그 사람이 십 년이 지난 지금 죽은 상태로 세상에 나타난 것이었다. 그것도 이경철 검사에 의하면 세상에서 사라진 지 정확히 십 년이 되는 오늘 운하 바로 앞에 두 손을 가슴에 반듯이 놓은 채로 깨끗하고 평화롭게 죽어있었던 것이다. 그리고 그 모습을 세상이 보기 전에 운하가 먼저 보았다. 그는 호기심이 생기기 시작했다. 그 이발사라는 죽은 노인의 평화로운 얼굴이 눈에 어른거렸다.

뭘까? 왜 그랬을까? 십 년 전 그 사건은 무엇이었을까? 실종? 납치? 사랑의 도피? 잠적? 그 사건은 그때 너무 유명해서 모든 사람들이 다 알고 있을 정도였다. 운하가 알기로도 정오정 목사는 그때 대단한 사람이었다. 지하실 셋방에서 시작된 정오정 목사의 강변교회는 그 후 초고속 성장을 거듭하여 20년 만에 교인 10만 명의 서울에서 제일 부자들이 산다는 강남에서 제일 규모가 큰 교회가 되었고, 그 중심에는 적극적이고 활달하고 굉장한 능력자로 알려진 개척자인 정오정 목사가 있었던 것이었다. 그런 자가 지금 운하 앞에 시골 이발사 노인의 모습으로 죽어있는 것이다. 운하는 아까 가방 속에 넣어 둔 경찰이나 자신의 가족에게 보이지 않도록 먼저 본 사람이 따로 보관해 달라던 그 노트가 생각났다. 그 속엔 답이 있을 것 같았다. 그런데 왜 누구도 못 보게 따로 보관해달라고 했을까? 운하는 오늘 자신이 반나절 만에 겪는 일들이 생소했다. 그는 몇 시간 전까지만 해도 혼자서, 어떤 계획도 없이, 잠도 덜 깬 채로, 숙취에 잠겨, 속초 행 우등고속에 무작정 몸을 실었다. 이런 돌출 행동은 그에게 사실 상상도 못할 생소한 일이었다. 그러나 지금 운하는 그랬고, 그 결과 이 일들이 몇 시간 만에 그에게 일어나 버렸다. 차가운 바닷바람이 운하의 뺨을 때렸다. 갑자기 허기와 숙취가 몰려 왔다. 운하는 외투 깃을 올리며 대포항 쪽으로 고개를 돌렸다. 주변의 우거진 대나무 숲 뒤로 올라선 소나무들에 가려 그쪽 바다는 아무 것도 보이지 않았다. 그때 운하의 등 뒤에서 인기척이 났다.

"저기요…."

웬 젊은 여자의 조심스런 목소리에 운하는 고개를 돌렸다.

짧은 생머리의 단발에 동그랗고 테가 까만 안경을 쓰고 초록색 모직외투를 걸쳐 큰 가죽 가방을 어깨에 멘

크지 않은 키의 가녀린 모습을 한 여자가 서있었다. 두 사람은 눈이 마주쳤다. 운하는 순간 그 여자의 눈동자가 놀라울 정도로 반짝거리며 빛나고 있음을 느꼈다. 특이한 모습이었다. 운하는 삼십 초반쯤의 여자라 생각했다. 여자가 조심스럽게 물었다.

"여기… 무슨 일 있었나요…?"

여자는 출입금지 표지판과 요란하게 둘려진 폴리스라인 테이프를 보며 말했다.

"…?"

운하는 말없이 그녀를 쳐다보았다.

"… 여기 살던… 아저씨는… 어디 가셨어요?"

여자가 운하를 예의 그 반짝거리는 눈으로 쳐다보며 그의 대답 듣기가 두려운 것처럼 띄엄띄엄 말했다.

"죽었어요."

운하는 자신도 모르게 조금 퉁명한 소리로 대답했다. 지금 이 여자를 보는 짧은 순간 운하는 어쩌면 이 여자와 십 년 동안 그가 사랑의 도피행각 중이었을지도 모른다는 생각을 했다. 그 말에 여자는 눈에 안 보일 만큼 가볍게 휘청거렸다. 운하는 엉거주춤 일어나 부축하여 자신이 앉았던 벤치에 그녀를 앉혔다. 자연스레 두 사람은 나란히 바다를 보며 길지 않은 벤치에 가까이 기대앉는 모양이 되었다.

그녀는 한참 동안 바다를 응시한 후 떨리는 소리로 조용히 물었다.

"어떻게 죽었어요?"

그리고는 고개를 돌려 운하를 정면으로 바라보았다. 동그란 안경 너머의 까만 눈동자에서 반짝거리는 총기가 느껴졌다. 순간 운하는 신비한 느낌을 가진 눈이라고 생각했다.

"아마도 자살인 것 같습니다."

둘 사이에 잠깐의 침묵이 흘렀다.

"제가 보고 경찰에 신고했고 유서인 듯한 메모도 제가 봤습니다."

그녀는 이 말엔 별로 놀라는 기색 없이 운하를 물끄러미 보았다.

운하는 지금의 이 멋진 바다, 냄새, 바람, 소나무, 바위절벽, 어젯밤의 과음과 지금의 숙취, 갑작스런 여행,

구름, 쌓인 눈, 정오정 목사의 죽음, 그리고 지금 자신의 바로 옆에 앉아 있는 초면의 여자… 이 모든 것들이 전혀 현실처럼 느껴지지 않았다.

그녀는 숨을 한번 몰아쉰 후 운하에게 물었다.

"그분의 마지막 모습이 괴로워 보이진 않으셨나요?"

"아닙니다. 제가 잘은 몰라도 보기엔 평온하고 깨끗해 보였습니다. 어떤 외상도 없어 보였고요. 두 손을 가슴에 단정하게 포개어 얹었더군요."

"…."

그녀는 말이 없었다.

"그런데 그분과는 어떤 사이세요?"

운하는 그녀에게 더는 못 기다리겠다는 듯이 물었다. 그녀는 그를 빤히 쳐다보았다.

"말씀하시는 그쪽은 누구세요?"

그리고 그제야 그녀는 오히려 이상한 듯 운하에게 반문했다.

"아, 네. 저는 서울에서 변호사로 일하고 있는 사람입니다. 오늘 아침에 혼자 여행하는 중, 이곳을 지나다 너무 멋지고 별나서 잠시 저기 앉았다가 그 사람의 시신을 본 것뿐입니다. 그래서 신고한 거고요. 저는 전혀 그 사람을 모릅니다."

"저도 마찬가지예요. 저는 저 아래 초등학교에서 교사로 일하고 있는데 저도 이곳이 너무 아름다워 가끔 지나가다 이 벤치에서 바다를 봤어요. 저는 그분을 한삼 년 전부터 봤고요. 오늘 여기에 저보고 좀 오라고 했는데…."

그녀는 이해가 안 가는 듯 말끝을 흐렸다.

운하는 예상외인 그녀의 대답에 내심 놀랐다. 순간 그는 그 노트가 어쩌면 이 여인을 위한 것일지도 모른다고 생각했다.

"그 아저씨는 여기 노인정에서 노인들 머리도 무료로 깎아 주시던 좋은 이발사셨어요. 제게 가끔 차도 끓여 주셨고요."

"이발사였다고요? 그분이 누군지 모르세요?"

운하가 반문했다.

"누구라니요…?"

그녀는 그에 대하여 전혀 모르고 있는 것 같았다.

"그 사람은 서울 강남의 유명한 교회 목사예요. 목사

님요."

"네? 목사님요?"

"아, 지금이 그렇다는 얘기가 아니고 십 년 전에 그랬다는 거예요."

"그분이 목사님이라고요?"

그녀는 못내 이해가 안 가는 듯 다시 물었다.

"십 년 전에 서울 신촌에서 갑자기 실종된 목사님이에요."

"왜요?"

"그건 아무도 모르지요. 그때 온 나라가 들썩였는데 모르셨어요? 정오정 목사예요. 서울 강변교회 당회장 목사요."

"그분이 정오정 목사님 실종사건의 그 정오정 목사님이라구요? 놀랍네요."

그녀는 혼잣말처럼 중얼거렸다. 내심 당혹해하는 것이 역력했다.

"그러고 보니 그분은 참 묘한 분이셨어요. 뭔지 모를 고귀함이 묻어있었지요."

운하는 아무래도 그 노트에 관해 말해야 할 것 같았다.

"그분이 돌아가실 때에 경찰이나 가족에게 보내지 말고 먼저 보는 사람이 따로 보관해 달라는 노트를 한 권 머리맡에 두셨는데 그걸 제가 먼저 보고 지금 가지고 있습니다. 그분이….."

운하는 순간 그녀를 뭐라 불러야 할지 몰라 머뭇하며 그녀를 쳐다보았다.

"제 이름은 최명신이에요."

그녀가 말했다.

"최명신 씨에게 어쩌면 그 노트를 전하려고 했을 지도 모른다는 생각이 드는군요."

"왜요?"

"오늘 그분이 여기에 최명신 씨를 오시라고 했다면서요?"

"…?"

명신은 난감한 표정을 지으며 어색해했다.

"무슨 노튼데요?"

"저도 아직 안 읽어 봤습니다. 드릴까요?"

"제일 먼저 본 사람이 따로 보관하셔야…. 저는 그분과 아무 상관이 없어요."

명신은 조금 부담스럽다는 듯이 주저했다.

"그럼 함께 읽을까요?"

"…."

명신은 당혹스러워하며 망설였다.

운하는 사실 그 노트가 무척 궁금했다. 그 정오정 목사라는 사람과 십 년 전 서울에서 그에게 일어났던 일들과 지금 이 죽음의 연관성이 궁금했다. 도대체 그는 서울의 그 큰 교회, 그것도 자신이 직접 개척하여 이십 년을 모든 정력을 바쳤던 그 큰 교회의 당회장 목사 자리를 버리고 왜 이 시골에 와서 이발사로 살았을까? 그것도 아무도 모르게 철저히 증발한 실종자의 모습으로 지내다 정확히 십 년이 되는 오늘 왜 죽었을까? 그동안 대체 그에게 무슨 일이 있었던 걸까? 운하는 자신도 모르게 이 알지도 못하는 정오정이라는 사람의 인생에 반나절 만에 발을 들이게 된 것을 깨달았다. 그 노트엔 뭔가 단서가 있을 듯 했다. 또 그가 굳이 뭔가 하고 싶은 말이 그 속에 있을 것도 같았다. 운하는 호기심이 일었다. 궁금했다.

"식사는 하셨어요? 안 하셨으면 식사하러 가실까

요?"

운하는 허기를 느끼고 명신에게 말했다.

"이것도 인연인데…."

혼잣말처럼 중얼거리며 말끝을 흐리는 운하를 명신이 보고 조용히 웃었다. 그녀도 같은 생각인 듯 했다.

대나무 숲을 빠져나와 소나무와 잡목이 우거진 틈으로 난 길을 따라 언덕을 내려오니 바로 아래에 대포항이 한눈에 들어왔다. 옛날의 시골스런 정취는 없어지고 반듯하게 새로 정리된 방파제와 두 개의 등대가 항구입구에 서로 마주보고 있었으며 쇼핑센터, 호텔과 주차장 등의 신축공사로 어수선했다. 두 사람은 어깨를 나란히 하고 언덕길을 내려 왔다.

"명신 씨는 그 사람이 목사인 걸 전혀 모르셨어요?"

"네. 전혀요. 그렇게 깊은 애길 나눌 사이도 아니었고요. 가끔 벤치에서 혼자 책을 읽고 있는 것은 뵀죠. 뭔가 사연이 있는 분이겠구나 하긴 했어요. 그분이 정오정 목사님일 줄은 상상도 못했구요. 인상이나 그 풍모는 참 귀하게 느껴졌어요. 연세에 비해서 아주 젊어 보였고요."

　명신은 운하에 대한 경계는 다 풀어진 듯 편안하게 말했다. 사실 그녀도 죽은 정오정 목사에 대한 호기심이 생긴 터였다. 운하가 챙겼다는 그 노트에 대해서도 궁금했다.

　"혹시… 종교 있으세요?"

　운하가 물었다.

　"네. 저는 크리스천이에요."

　명신은 묻지 않은 말까지 했다.

　"변호사님이라고 하셨죠?"

　명신이 웃었다.

　"네."

　"변호사님은 종교 있으세요?"

　"아뇨. 저는 어린 시절엔 부모님 따라 강제로 교회에 다니긴 했습니다만 철들고는 관뒀습니다."

　"??"

　명신이 운하를 올려봤다.

　"저한테는 교회가 안 맞더라고요. 전부 전설이고 신화고 그냥 목사들 하는 말로 느껴졌어요. 그래서 고등학교 졸업하곤 관뒀죠."

운하는 뻘쭘하게 웃었다.

"그러세요? 지금은요?

"지금요? 전 아무 것도 믿지 않습니다. 보이는 것만
믿지요."

명신은 더 말하지 않았다. 두 사람은 대포항으로 내
려가 늦은 아침을 먹기로 했다. 벌써 오후 세 시가 되어
있었다. 운하는 이제야 다시 자신의 세계로 돌아온 듯
했다. 갑자기 옆에 있는 명신이 눈에 들어왔다. 작은 얼
굴에 길지 않은 생머리와 동그란 안경, 아담하고 갸름
한 몸매가 자신이 어렸을 때 봤던 세상의 착한 선생님
모습 그대로였다.

"결혼 안 하셨죠?"

운하는 장난스런 표정을 지으며 물었다. 어떻게 알았
냐는 듯한 표정으로 명신이 운하를 보았다.

"나이는 삼십 초반이고요. 맞죠? 혼자 그 벤치에 자
주 다니셨다 했잖아요?"

운하가 웃었다.

"네. 미혼이고 서른세 살이에요."

"하하. 그럴 줄 알았어요. 저도 미혼이고 서른여섯입니다."

명신이 조용히 웃으며 운하에게 물었다.

"그런데 여기 속초엔 어떻게 오셨어요? 주말도 아니고 휴가 때도 아닌데…. 그것도 혼자서요."

"그냥요. 사실 어제 과음했거든요. 새벽에 눈 뜨자마자 무작정 왔습니다. 서울이 답답해서 이곳 바다 좀 보려고요."

"일하시는 건 괜찮아요?"

"네. 마침 오늘은 별일이 없습니다. 그리고 가서 해도 됩니다. 그런데 명신 씨는 오늘 어떻게 여기에 오시게 된 거지요?"

운하는 자신도 모르게 자연스레 명신의 이름을 부르고 있었다.

"네. 그분이 오늘 이곳에 좀 와줬으면 하셨어요. 마침 학교도 일찍 끝나서… 그런데 오늘 돌아가셨다니. 그것도 자살하셨다면서요? 참… 당황되네요."

"…"

그렇다면 그는 분명히 자신이 오늘 죽을 줄 알고 명

신을 시간에 맞춰 불러 노트를 남겼고 그 겉장에 먼저 보는 사람이 따로 보관해 달라 한 것도 명신에게 그 노트를 전하고 싶었던 건지도 모를 일이었다. 자신은 괜히 그 사이에 끼어들어간 우연이었고. 운하는 더욱 그 노트의 내용이 궁금해졌다.

두 사람은 눈이 마주쳤다. 운하는 갑자기 그녀가 오래된 연인 같다는 생각이 들었다. 운하는 아직도 오늘 하루 동안 자신에게 일어나고 있는 이 모든 일들이 정말 몽롱한 꿈같았다.

"대포에 내려가서 물곰탕이나 한 그릇씩 하죠. 그리고 어디 가서 아까 그 목사님이 준 노트나 같이 좀 읽어요. 왠지 궁금하네요."

운하가 말했다.

명신은 고개를 끄덕였다. 그녀도 지금 앞에 있는 운하와 같이 행동을 해야만 할 것 같은 생각이 들었다. 두 사람은 소나무 사이로 난 오솔길을 따라 '해변 바깥에 있는 항아리 같이 생긴 언덕의 밖'이라 해서 외옹치라 부르는 언덕을 천천히 내려와 마을을 지나 외옹치 포구로 갔다. 저만치 대포항의 입구에 두 개의 등대가 마치 파수를 보는 것처럼 서있었다. 철 지난 겨울 바다의 평일 풍경이 포구에 한적하게 펼쳐졌다.

식사를 마친 그들은 마침 외옹치 포구에서 대포항 사이의 산언덕에 바다를 향해 자리 잡고 있는 나지막한 벽돌색 카페를 발견하고 그 이층 홀에 자리를 잡고 앉았다. 두 사람은 동해의 확 트인 저녁 바다가 다 보이는 넓은 창가의 안락한 소파에 자리를 잡고 따뜻한 커피를 주문했다. 익숙한 헤이즐넛 향이 홀에 퍼졌다. 손님은 그들 외엔 없었다. 조용히 바흐의 바이올린 협주곡 2번 중의 알레그로가 흐르고 있었다. 운하는 명신과 소파에 나란히 앉아 그 노트를 가운데 두고 함께 읽어 나가기로 했다. 가까이 앉은 명신에게서 여인의 깊은 향기가 났다. 운하는 명신을 한 번 쳐다보았다. 명신이 멋쩍은 듯 웃었다.

노트의 첫 페이지엔 이렇게 써져 있었다.

[지금 이 글은 계시를 받은 것도, 하나님의 말씀이라

주장하는 것도 아닙니다. 단지 지난 십 년간의 내 생각 흐름을 정리한 것뿐임을 먼저 밝힙니다.]

두 사람은 첫 장부터 다소 생뚱맞은 글에 누가 먼저랄 것도 없이 서로를 쳐다보았다. 20년 동안을 열정적으로 목사로 일을 하던 한국 최고 교회의 유명 교회 부흥 전문 목사가 어느 순간 실종된 후 십 년이 지나 이름 모를 바닷가에서 주검으로 세상에 다시 나타났고, 그 십 년간 의 행적을 스스로 글로 적어 놓았다는 것이었다.

그리고 다음엔 그 노트의 제목인 듯 '사실(FACT)'이라고 쓰여 있었다.

두 사람은 숨을 한 번 몰아쉬고 다음 페이지를 넘겼다. 그때 운하의 스마트폰이 울렸다.

운하는 명신을 한 번 쳐다보고는 통화버튼을 눌렀다. 낮고 굵은 이 검사의 목소리가 들렸다.

"김변?"

"어. 이 검사. 왜?"

"궁금할 것 같아 전화했어. 그 정오정 목사 사건 마무리 됐어. 심장마비로 결론 났어. 검안의 소견이야. 자연사인 거지. 알고나 있어.”

“뭐? 자연사? 자살이 아니고?”

“그래. 외상도 없고 약물반응도 없어. 유가족들이나 교회에서도 부검은 원치 않고, 타살이라는 주변정황도 없고. 정리 됐어. 시신은 교회와 가족들이 모시고 갔어. 그들이 일이 커지는 것을 원치 않아. 벌써 뉴스에도 났고. 안 봤어?”

“그럼 그 유언 같은 메모는 뭐야? 자신이 죽을 시간도 정확히 알고 있었어. 마치 자신의 의지로 죽는 것처럼.”

“그거야 사찰의 고승들이나 전설의 선인들은 죽고 사는 것도 맘대로 조절할 수 있는 것 아닌가? 목사님이잖아? 꼭 질식사 같다는 검안의 소견도 나왔어. 그럼 스스로 호흡을 멈춘 거야. 말이 그렇다는 거지. 도가 튼 거야. 아무튼 끝났어. 그건 그렇고 어디야?”

“대포항.”

“아직 서울로 안 갔어? 이따 술이나 한잔할까?”

“아냐. 다음에 하지. 난 밥이나 한 그릇 먹고 올라가야지.”

운하는 지금 읽고 있는 노트에 관해선 이 검사에게 말하지 않았다. 고인이 경찰이나 가족에게 이 노트가 들어가지 않도록 해달라는 이유가 이 속에 있으리라고 그는 생각했다. 옆에서 통화 내용을 듣던 명신이 궁금한 듯 물었다.

"뭐예요?"

"속초지청에 있는 제 연수원 동기 검삽니다. 자살이 아니고 자연사로 결론내고 마무리 됐다내요."

"그래요?"

운하의 스마트폰 뉴스앱에 '오늘의 뉴스' 헤드라인이 떴다.

〈십 년 전에 실종된 유명 목사, 시신으로 발견!!〉

두 사람은 노트를 같이 읽기 시작했다. 그의 글은 실종 직후부터의 심정을 기록해 나간 듯 정자체로 빽빽하게 기록되어 있었다. 운하는 그 내용이 궁금했다.

[내가 세상에서 사라진 지 벌써 일 년이 지났다.

사람들은 내가 죽었다 살았다 이런 저런 말들이 많지만 나는 이제 더 이상 사람들 앞에서 설교할 수 없다.

　나는 사람들이 말하는 큰 교회의 성공한 목사다. 그러나 나는 더 이상 사람들에게 설교할 수 없다. 더 자세히 말하면 사람들 앞에서 더는 설교하기 싫다. 누구든 이 말을 들으면 나를 미쳤다고 하겠지만 그래도 할 수 없다.

　나는 지금 동해의 뜨는 햇살에 눈을 뜬다. 상쾌한 바닷바람에 숨을 쉬고 미역줄기를 건져 울려 밥을 지어 먹는다. 이십 년 만에 처음으로 수만 명의 사람들 앞에서 설교하는 목사나 성직자나 그들의 교회 지도자가 아닌 그냥 사람으로 살아보는 생활이다. 마을 구멍가게에서 두부를 사고 봉지쌀을 사서 코펠에 담아 버너에 혼자 끓여 먹는다. 쌀이 떨어지면 주유소나 편의점이나 황태 덕장에 가서 일당을 벌어 온다. 그렇지만 나는 지금 마치 오랜 목 안의 가시가 뽑혀 나간 기분이다. 자유롭다. 이제 숨이 쉬어진다. 지금 누가 이 글을 읽을지, 아니면 영영 아무도 이 글을 읽어보지 않을지 나는 알 수 없다. 하지만 만약 지금 이 글을 누군가 읽고 이상하다 생각해도 사실이니까 나는 이렇게 말할 수밖에 없다.]

운하와 명신은 서로를 쳐다보았다. 호기심과 당혹감이 서로의 시선에서 느껴졌다.

　[나는 이십 년 전 시장 구석 낡은 건물 지하에서 여섯 명의 교인과 함께 강변교회를 시작했고 지금은 그 교인들이 놀랍게도 10만 명이 넘었다. 나는 그동안 오직 땅 끝까지 이르러 예수의 증인이 되고, 모든 족속으로 예수의 제자로 삼고, 죽도록 하나님께 충성하라고, 성경에 써진 그대로 했다. 오직 앞만 보고 충성스럽게 말 그대로 했다. 그런데 나는 지금 그 모든 것을 놓았다. 나는 이대로 그냥 갈 수는 없다. 뿌리부터 처음부터 아무 것도 없는 것에서 다시 생각해야만 할 시점에 나는 왔다. 나만이 아니고 수많은 나 같은 사람들이 지구 구석구석까지 가서 교회를 세우고 십자가를 전하고 전도하여 현재 그 사람들이 온 지구상에 20억 명이 넘는다. 그것도 이천 년 동안 잠시도 쉬지 않고 이어져 왔다. 그러나 지금 이 순간도 지구상에서는 혼돈과 살육이 이어지고 있다.

　예수는 천국이 너희 속에 있다고 했다. 교회 속일수도, 우리 마음 속일수도 있다. 지금 강변교회 안이 천국인가?

아니면 지금 강변교회에 다니는 사람들의 마음이 천국인 가? 그렇다면 강변교회에 안 다니는 사람들의 마음은 전부 지옥인가? 굳이 강변교회에 와야만 할 이유가 있는가? 지금 강변교회는 수건을 하나 주문해도, 달력을 하나 주문해도, 10만 개가 넘는다. 담임목사인 나는 몇 명을 제외하고 강변교회 다니는 사람들 얼굴을 모른다. 강변 교회는 동 단위로, 구 단위로, 지방 도시 단위로, 전 세계 단위로 교구목사, 지구목사, 지역목사들이 단계별로 조직되어 나로부터 지시를 받는다. 주일에는 대형버스들이 몇 십 대씩 교회로 몰려온다. 수만 명의 사람들이 서로 얼굴도 모르고 북적거린다. 교회에서 월급 받는 기사들만 몇 십 명이다. 목사들 역시 전부 월급을 받는다. 목사들은 매일 아침 몇 백 명의 사람들이 모여 조회예배를 하고 각자의 일터로 나간다. 주일엔 말 그대로 교회는 하루 온종일 시장바닥이다. 매달 오십 억 원이 넘는 헌금이 현찰로 은행에 입금이 된다. 지금 전 세계에 지부 교회만도 이천여 개가 넘는다. 내가 이 강변교회의 개척자이기도 한 최고 책임목사다. 이렇게 강변교회를 부흥시키기 위해 나는 죽을힘을 이십 년 동안 다했다. 다행히 나는 교회

부흥에 성공했다. 모든 사람들은 오직 주님의 은혜라고 말한다. 그러나 나는 안다(어느 시점부터는 교회가 더 이상 천국이 아니었다). 사람들 수만 명이 매일 북적거리다 보니 이곳도 역시 사람 사는 곳이 되었다. 수많은 이권들이 사람들의 생계와 운명을 결정지으며 거미줄 같이 얽혀있다. 나와 몇몇 교회 책임자들의 말 하나와 결정들이 그 사람들과 그들의 가족들 운명을 결정짓는다. 이것은 진리와 복음과는 전혀 상관이 없다. 이것은 결국 교회 권력이라는 이름으로 불리며 점점 커졌다. 어느 시점부터는 강변교회가 이제 더 이상 세상의 유일한 천국이 아니었다. 마치 자전거 위에 올라탄 소년처럼 나는 페달을 계속 밟아야만 했고…. 나는 이제 더 이상 그렇게 하지 않을 것이다. 하기 싫다. 이건 아니다. 그렇다고 강변교회에 다니는 사람들은 유별나게 행복한가? 사실 그런 사람도 있고 아닌 사람도 있다. 그런데 그건 강남교회 안 다니는 사람들도 마찬가지로 행복한 사람도 있고 아닌 사람도 있는 거 아닌가. 이게 뭔가?

세상에 의인은 하나도 없다고 성경엔 써져 있고 모두 회개하여 죄 사함을 받아야 천국에 간다 했다. 나는 평생을 그렇게 말했고 예수의 이름으로 용서를 선포하며 그들을 이끌어 왔다. 매주일 교회 주일학교를 내려가 보면 초등학교 일, 이 학년 어린아이들이 뭔 죽을죄를 그리 졌다고 눈물 콧물을 다 흘리며 울고불고 통곡을 하고 회개 기도를 한다. 평생을 가난한 집에 시집가서 큰 숨소리 한 번 못 내고 남편, 시집 수발에 젊음을 다보내고 늙도록 자식들 걱정에 가슴 졸이던 할머니들과 가족들 부양에 굽은 어깨와 헤어져 다 터진 손마디를 숨기는 수많은 아버지들에게 회개하여 죄 사함을 받으라고 외칠 땐 내 등줄기에 식은땀이 흐른다. 옆집 부자 자가용을 부러워해 본 적 없냐고 그것이 바로 탐심이라고, 마음속으로 지나던 여인이 예쁘다 생각한 적 없냐고 예수님이 마음속으로 품기만 해도 간음한 것이라 했는데 바로 그것이 음욕이라고, 회개하여 죄 사함을 받으라 나는 우기며 외쳤다. 목사인 나는 더 어쩌라구?

　서로가 전부 다 죄의식의 사슬 같은 지옥에 오히려 갇혀 있다. 없는 죄도 만들어내서 스스로를 죄인이라 겸손한 마음으로 세뇌시킨다. 모두 더 이상 마음속에 천국 같은 것은 없다. 죄라는 열등감과 스스로에게 던지는 채찍

질만 있을 뿐. 평생 또 평생, 그리고 또… 죽어서 천국에 들어간 자들만 그 순간부터 그 사슬에서 벗어날 수 있다고 나는 외쳤다. 그러나 나는 이제 그렇게 하지 않을 것이다. 이건 아니다. 뭔가 다른 것이 있다. 내가 아직 모르는.

난 한계점에 와 있다. 나만 그런 것이 아니라 세계교회 전체가 한계가 왔다. 무엇보다도 지금 세상은 사십여 년 전 내가 신학교에 다닐 때와는 완전히 달라져 있다. 지금은 하루하루 완전히 다르게, 세상에서는 과학이라는 이름으로 다른 세계가 열린다. 인류 역사상 전혀 겪어보지 못한 새로운 변화이다.]

"이 사람 진짜 목사 맞아요?"

운하가 글을 읽다 말고 이해가 안 되는 표정으로 명신을 보며 말했다.

"네. 그분이 정말 정오정 목사님이라면 목사님이 맞아요. 그것도 아주 훌륭한 목사님이셨어요."

명신이 차분하게 대답했다.

운하는 교회 권사인 어머니와 집사인 아버지 사이에서 어린 시절 잠시 자신의 의사와는 전혀 상관없이 교회 고등부까진 다닌 기억이 있었지만 지금까지 자신이 아는 목사의 모습과 이 글의 내용과는 전혀 연결이 되지 않았다. 또한 운하는 사실 지금 자신의 손에 우연히 들어온 십 년 전 갑자기 실종된 유명 목사의 비밀스런 일기의 내용이, 십 년 전 그 사건만큼이나 세간의 궁금증을 풀어 줄 선정적이고 쇼킹한 뭔가가 있기를 내심 기대하고 있었으나 그의 개인적인 신앙적 고백으로 시작되는 것을 보고 살짝 짜증이 일었다.

"혹시 그전에 이 정오정 목사를 알고 계셨어요?"

"네. 저는 대학 다닐 때 크리스천 동아리에서 활동했는데 지금 이 정오정 목사님은 정말 그때 스타 중의 스타셨고 모두의 우상과 같은 존재였죠. 정말 입지전적인 교회의 사도였어요. 지금 그런 분이 바로 제 옆에서 십 년이나 아무도 모르게 계셨다니 저도 지금 믿어지지가 않고 실감이 안 나는군요."

"그런데 그분 정상적인 교회 목사 맞아요?"

운하는 다시 한 번 물었다.

운하는 그래도 지금 이 글의 시작되는 내용이 아무리 봐도 좀 이상했다.

"네. 정통적인 교단과 교회의 정상적인 목사님이셨어. 그것도 아주 모범적인 교단의 지도자셨지요."

명신이 지금 운하의 마음을 읽은 듯이 웃으며 말했다.

"명신 씨. 일반적으로 말하는 기독교가 대체 뭐기에 이 목사가 이러지요?"

운하는 갑자기 궁금해졌다. 자신이 기독교에 대해 잘 알지 못하는 것도 있었지만 그것보다는 지금 이 글의 내용이 뭔가 느낌이 달랐다. 그동안 자신이 교회에 무관심했던 이유를 유명하다는 정통교회의 '정상적'이라는 목사가 죽으면서 마지막으로 말하고 있으니 잘 이해가 되지 않았던 것이었다. 명신도 그 물음의 이유를 알겠다는 듯이 차분하게 설명하기 시작했다.

"네. 일반적으로 기독교는 세계적으로 이천 년 전 사도 때부터 전해져온다고 여겨지는 사도신경의 신앙고백 내용을 그 바탕으로 하고 있어요. 그것은 '전능하사 천지를 만드신 하나님 아버지를 내가 믿사오며, 그 외아들 우리 주 예수 그리스도를 믿사오니, 이는 성령으로 잉태하사 동정녀 마리아에게 나시고, 본디오 빌라도

에게 고난을 받으사, 십자가에 못 박혀 죽으시고, 장사한 지 사흘 만에 죽은 자 가운데서 다시 살아나시며, 하늘에 오르사, 전능하신 하나님 우편에 앉아 계시다가, 저리로서 산 자와 죽은 자를 심판하러 오시리라. 성령을 믿사오며, 거룩한 공회와 성도가 서로 교통하는 것과 죄를 사하여 주시는 것과 몸이 다시 사는 것과 영원히 사는 것을 믿사옵나이다. 아멘.'이에요. 기독교는 하나님을 믿는다는 거지요. 그는 전지전능하고 온 세상을 창조하신 존재예요. 그리고 그 외아들이 있는데 그가 예수예요. 또한 기독교인은 그 예수를 믿어요. 예수는 인간 남녀 사이의 육체에서 태어난 것이 아니고 남자 없이 처녀의 몸에서 태어났어요. 그런데 그 예수가 십자가에서 죽었고 사흘 만에 부활했고 승천했고 지금은 하늘에서 그 하나님 옆에 있다가 후에 심판하러 다시 온다는 거예요. 그것을 기독교인은 믿는 거예요. 성령의 존재도 믿고, 교회의 거룩함을 믿고, 교인들 간의 교제를 믿고, 우리의 죄를 사하여 주는 것도 믿고, 우리의 몸도 부활하는 것을 믿고, 그런 후에 영원히 사는 것을 믿는 거예요. 이것을 믿는 사람들이 기독교인들이고요."

"그러면 지금 이 정오정 목사라는 사람의 글은 몇 십 년 동안 목사 생활을 했고, 서울 강남에서 제일 큰 교회를 개척하고, 10만 명이 넘는 많은 교인들에게 목사로 존경을 받았다는 사람이 그런 기독교에 회의를 느끼고 더 이상은 그런 기독교의 목사 생활을 하지 않겠다는 얘기 아녜요?"

운하는 지금 그의 글을 이해할 수가 없었고 믿어지지도 않았고 그 정 목사라는 사람이 정상적인 사람으로 보이지도 않았다.

"그러게요…."

명신도 뭐라 할 말을 찾지 못한 듯 난감한 표정을 지으며 운하를 바라보았다.

"다 읽진 않았지만 이 정도만 가지고도 정말 사기꾼 수준인데요? 그럼 그동안 그 교회에 다니던 그 많은 사람들은 다 뭐가 되는 거지요?"

운하는 법정에서 봐 왔던 수많은 말도 안 되는 사건들이 떠올랐다.

"그럴 리가…."

명신이 어색하게 웃었다.

정오정 목사의 글은 계속 이어졌다.

　[그동안 나는 성경에 써져 있는 그대로 이 세상은 전부 하나님이 만들었고, 사람 역시 흙으로 하나님이 만들었다고 설교했다. 하지만 지금 세상의 과학은 이 우주는 태양과 같은 행성이 천억 개 정도가 모여 하나의 은하가 되고 그 은하가 천억 개 정도가 모여 이루어져 있는 것을 직접 보고 밝혀내고 있다. 그 우주는 축구공 하나 정도의 아주 작은 한 점 같은 것에서 137억 년 전에 대폭발로 인해 생겨난 것을 밝혀냈고, 이 우주 역시 무한대로 있을 수도 있다는 생각에 까지 이르고 있다. 또한 이 공간은 11차원 이상으로 형성되어 있고 우리 인간은 지금 그 안의 극히 일부분만 인식하고 있을 뿐이고, 인간 역시 유전자와 수많은 화석의 발견으로 특별한 존재가 아닌 많은 생물 중의 하나로 인식되어지고 있다. 이 지구의 역사는 40억 년이고 생물의 역사는 35억 년이고 현재의 인류인 호모 사피엔스 사피엔스의 역사는 약 3만 년 전이고 인간 문화의 역사는 1만 년 정도이고 이것은 이제 모두 과학적

으로 증명된 사실들이다. 이것은 초등학교 다니는 아이들도 다 알고 있는 사실이다. 그런데 나는 20년 동안 6천 년 전에 하나님이 흙으로 사람을 빚어서 만들었다고 설교한다. 그리고 숨을 크게 불었더니 사람이 되었고 그 사람이 먹지 말라는 선악과라는 과일을 먹어서 죄를 지었고 죽게 되었다는 걸 난 말한다. 그리고 과학은 종교와 다른 영역이라고, 서로 다른 세계에서 서로 상관해서는 안 되는, 또 그럴 필요도 없는 것이라고 그러니 믿기만 하라고 나는 말한다. 하지만 설교하는 나나 듣는 사람들이나 서로 이제는 뒷머리가 뜨끈하다. 이건 아니다. 나는 이것이 문제다. 뭐가 진짜 사실인가? 이건 진리의 문제도, 진실의 문제도 아니다. 단지 사실의 문제일 뿐이다. 모든 것의 사실은 무엇인가…? 나는 이제부터 그것을 알아낼 것이다. 그리고 나는 그 사실을 알고 싶고 말하고 싶다. 뭐가 되었든 그 끝에 있는 그대로.

가능한 것인지, 얼마나 시간이 걸릴지, 나는 지금 전혀 예측도 할 수 없다. 그러나 나는 지금 시작을 한다. 나는 일 년 전에 교회에서 정식으로 은퇴를 하고 시작할 수도 있었다. 그러나 나는 지금 그리 편한 마음이 아니다. 만약 내가 지금부터 그것을 알고 내가 스스로 이해할 수가 없다면 나는 지금까지의 내 모든 인생과 목사로서의 모든 행동들이 완전한 거짓에 의거한 큰 사기극인 것을 나는 인정하지 않을 수가 없다. 그리고 나는 지금 사실 그것을 걸고 세상에서 사라졌다. 그리고 나는 이제 그 끝을 알 수 없는 생각을 깊이 해봐야 할 것이다. 그것은 계시도 아니고, 기도도 아니고, 공부도 아니다. 당연히 믿음도 아니다. 세상 어느 곳에도 그에 대한 답은 없기 때문이다. 맑은 내 정신과 명철한 통찰력으로 흐트러짐 없이 생각을 해 볼 것이다. 사실이 뭔지. 어느 선입견도 없이…. 두렵다. 그러나 나는 기대도 된다. 믿기 때문이다. 그 답이 있을 것이라고. 사실은 누가 뭐라고 해도 사실이기 때문이다. '하나님이 있다'라고 하면 그건 사실이 아니라고 하는 사람이 있다. 그러나 '현재 하나님이 있다고 믿는 사람이 지구상에 20억 명이 넘는다'라고 하면 그건 누가 봐도 사실이다. 이런 식이다. 나는 지금부터 이런 방법으로 하나씩 사실을 찾아 마치 퍼즐 조각을 맞추어 나가듯이 사실들을 찾아 나갈 것이다. 지금까지의 인간종들이 만들어내고 생각해내고 결론을 내린 모든 것들을 다 사용해서 그 조각들을 사실인 것만 찾아 모으고, 그 끝 그림이 무엇인지 나는 알아 볼 것이다. 그것이 마지막에 어떤 그림으로 맞추어 질지, 나는 지금 전혀 상상도 할 수 없다. 그러나 시간이 몇 십 년이 걸린다 해도 이 글의 마지막 페이지엔 그 그림이 있을 것이다. 내가 죽는 시간까지 알아 내지 못한다면 나는 이 글을 바닷물에 그냥 던져버릴 것이다. 만약 지금 누구라도 이 글을 읽고 있다면 이 글의 마지막 페이지엔 그 답을, 모든 것의 사실이 뭔지를, 읽게 될 것이다. 누가 지금 이 글을 읽고 있다면 내가 그 사실의 마지막 그림을 그릴 수 있었다는 의미이기 때문이다. 이것은 계시도 아니고 응답도 아니고 믿음은 더욱더 아니다. 그냥 사실이 그렇다는 것뿐이다.]

운하와 명신은 서로 얼굴을 마주 보았다.

"대단히 말을 잘하는 사람인데요?"

운하가 약간은 시니컬한 소리로 말했다.

운하는 정오정 목사의 지금 이 글은 자신으로서는 전혀 상상도 못할 것이었다.

"이 사람 목사잖아요? 이럴 수 있는 거예요?"

운하는 못내 이해가 안 된다는 듯 말을 더했다.

"목사님 맞아요. 그것도 대단하신 목사님이세요. 한국의 모든 기독교인들에게 존경받으시고 인정받으시던 목사님이세요."

명신이 담담히 말했다.

"그런데 지금 이 글의 내용은 목사인 자신도 그 믿음에 회의를 느끼고 교회를 관뒀다는 얘기잖아요?"

"그러면 김 변호사님이 기뻐하실 내용이네요 뭐."

명신이 웃으며 얼버무렸다.

"근데 대단한데요? 어떻게 그런 목사님이 이런 생각을 하지요? 제가 교회는 잘 모르지만 궁금하긴 하네요. 내 생각과 똑같은데요? 뭐예요? 얼마 전엔 스위스 CERN에서 힉스입자까지도 찾아내고, 유전자 변형으로 새로운 종을 만들고, 체세포 복제로 생명을 찍어내는 세상에 무슨 하나님이 세상을 만들고 흙으로 사람을 만들어요?"

운하는 편히 웃는 명신에게 미안한 생각이 들어 같이 웃었다.

"도대체 기독교가 뭐예요? 그 가르침이 뭐죠? 그것

이 뭐기에 이 목사님이 이리 자신의 인생을 다 버리고 세상을 버렸죠?"

운하는 다시 한 번 궁금해졌다. 자신이 아는 교회는 예수 믿으면 천국 가고 안 믿으면 지옥 간다는 소리만 한 것이 기억이 났다. 그리고 이웃을 사랑하라는 정도였다. 하지만 크리스천이라는 명신에게 좀 더 자세히 듣고 싶어졌다. 정오정 목사가 자기의 인생을 버려가면서 고민했던 문제가 뭔지 궁금했던 것이다. 하나님이 없는데 있다고 했다는 얘긴가, 아니면 천국도 지옥도 없는데 있다고 사길 쳤다는 얘긴가, 아니면 자신이 교회를 안 다니는 이유와 같은 이유를 이제 이 목사도 느꼈다는 건가 궁금했다.

명신이 바다를 쳐다보더니 커피를 천천히 마셨다. 바다에는 벌써 저녁이 오고 있었다. 홀에는 두 사람 외에는 아무도 없었고 마침 푸치니의 오페라 〈투란도트〉 중 아리아 '아무도 잠들지 말라'가 조용히 깔리고 있어 정 목사의 죽음만 아니었으면 지금 두 사람이 충분히 아름다움을 느낄 수 있는 장소와 시간이었다. 동해의 바다는 서해의 그것마냥 저녁이 바다에 그려지지는 않는다.

그냥 어두워질 뿐…. 명신은 자신도 지금 이 정오정 목사의 글에 많은 생각과 약간의 충격을 함께 느끼고 있는 듯 지금 자신이 아는 기독교를 곰곰이 생각하며 운하에게 현재의 기독교를 말하기 시작했다.

"… 먼저, 하나님이 계세요. 기독교는 그곳에서 시작 하지요. 그분은 무엇이든 아시고 무엇이든 하실 수 있 는 분이시죠."

"어디에서요?"

"어디에나, 언제나, 지금 변호사님의 마음속에도 계 시죠."

"다음엔요?"

"그분이 이 온 세상을 창조하셨어요. 이 모든 우주까 지도요. 그리고 흙으로 사람을 빚어 만드셨지요. 모든 식물과 동물, 눈에 보이는 것과 안 보이는 것 모두요. 특별히 사람에겐 그분이 자신의 호흡을 그 코에 불어 넣어 특별한 영적존재로 만드셨지요. 하나님의 모양과 형상을 인간만 닮게 만들었다고 했어요. 그러나 사람에 겐 단 하나 선과 악을 아는 나무의 열매만은 먹지 말라 고 하셨어요. 그것이 선악과였고, 사람은 그러나 그것을 먹었고, 불순종의 죄를 지은 것이 되었죠. 그 죄로 인해 죽음과 해산의 고통과 노동과 인간사 모든 고난이 그때부터 생기게 된 것이에요. 그것을 원죄라고 하죠. 모든 인간이 같이 짊어지고 있는 짐이에요. 그러나 하나님은 그런 인간을 불쌍히 여기셔서 자신의 외아들 예수를 인간의 몸으로 오게 하셔서 모든 인간의 죄를 대신 지고 죽게 했어요. 그래서 예수는 와서 대신 죽었고 사흘 만에 부활하여 다시 자신이 있던 하늘나라로 갔어요."

"잠깐만요, 하늘나라가 어디 있어요?"

운하가 명신의 말을 끊으며 어린아이 같이 물었다.

"예수님은 제자들의 그 질문에 여기도 저기도 아니고 바로 너희 안에 있다고 했지요."

"그래서요?"

"예수가 그의 하늘나라로 간 다음엔 그의 영인 사랑의 성령이 이 땅에 왔어요. 그래서 그때부턴 모든 인간이 자신의 죄를 회개하고 예수가 하나님의 아들인 것을 믿으면 모든 죄를 다 용서받고 다시 하나님과 화해를 이루고 성령과 함께 하며 하늘나라를 그 속에 누리는 거죠. 죽어선 천국에 가요."

"…?"

"예수는 세상 마지막 때가 되면 다시 이 땅에 재림하여 모든 선악 간에 사람들을 심판하고 그때 구원받은 사람들은 새 하늘과 새 땅으로 가요. 그것이 인간의 궁극적인 구원이에요."

"새 하늘과 새 땅이요?"

"네. 그것이 신천신지라는 진짜 궁극적 파라다이스에요. 지금의 하늘이 두루마리처럼 둘둘 말려 없어지고 새로운 하늘과 땅이 하늘에서 내려온대요. 그땐 진짜 하나님도 천사들과 같이 오셔서 우리 인간들과 서로 그곳에서 대면하여 같이 영생을 누리는 거지요."

명신은 확신에 찬 소리로 말했다. 그 표정엔 감동까지 묻어 나왔다.

"거기부턴 완전 소설이네요? 지금 그걸 믿으세요?"

운하는 명신의 환히 피어나는 낯빛에서 경이로움을 진심으로 느끼며 물었다.

"그럼요. 모든 기독교인들은 그것을 믿는 거예요. 저역시 확실하게 믿어요. 이것이 바로 기독교인들이 가지고 있는 믿음의 근본이지요."

"그럼 다 된 거예요?"

"네. 그것이 바로 아까 말한 기독교인들의 공통된 신앙고백인 사도신경이라는 거예요. 이것이 기독교의 모든 것이라고 말해도 틀리지 않아요. 전 세계 모든 기독교인들은 이것을 믿고, 인정하고, 매일 고백을 하지요. 이것을 거부하면 전통적인 기독교 사회에선 같은 기독교로 인정을 하지 않아요."

명신은 확신에 찬 어조로 말했다.

"그런데요? 뭐가 문제지요? 뭐 나쁜 것도 아니잖아요? 그건 다 아는 믿음일 뿐인데? 그것이 사실이든 아니든 믿는다는데 누가 뭐랄 수 없는 거잖아요? 그게 기독교 아닌가요? 제가 보기에는 전부 뭐에 홀린 사람들 같이 꿈을 쫓는 사람처럼 보이지만요. 그리고 도대체 이 정 목사님은 하고 싶은 얘기가 뭐예요?"

명신은 그런 운하를 물끄러미 쳐다보았다.

[7년이 지났다. 나는 이제 세상에서 완전히 없는 사람이다. 가끔 동네 노인회관에서 노인들 머리를 깎을 때 말

고는 아무도 나를 보는 사람은 없다. 역시 말하는 사람도 없다. 7년이란 세월이 이렇게 지나갔다. 나는 한 생각만 했다. 7년간 앉은 마당의 벤치에만 내 7년의 흔적이 있을 뿐이다. 하지만 나는 그 답을 알았고 그 모든 것의 사실과 그 모든 사실의 끝을 보았다. 그건 시작이었다. 너무 놀랍고 두렵다. 나는 미쳤다. 이 글을 쓰지만 이것이 불에 태워지기를 바랄뿐이다. 어느 누구도 읽지 말기를 소원한다. 그들도 나처럼 미칠 것이니까. 하지만 사실은 사실이다. 나는 이리 글을 쓰지 않을 수 없다. 이제부터 그 다음은 주님의 뜻과 계획에 모든 것을 맡긴다.

지금부터 나는 놀라운 얘길 할 것이다. 사실은 하나다. 사실이 둘이라면 그건 다 말장난이거나 사실을 모르는 궤변일 뿐이다. 지금부터 나는 세상 모든 것의 사실을 말할 것이다. 먼저 드러난 사실부터 하나씩 풀어놓고, 결국은 그것들 모두를 있는 그대로 모아, 조합하여 하나의 몸통으로 만들 것이다. 나는 7년 동안 그렇게 해봤다. 그랬더니 그 끝에 만들어지는 그 몸통의 모양은 놀라웠고, 사실은 모든 세상의 사유를 하나로 묶어 설명이 되는 것이

었다. 그것은 상상을 초월할만한 것이었다. 하지만 그것
은 사실이다.

어디에서부터 말을 시작해야할지 나는 지금 참 어렵다.

인류가 지구는 둥글고, 태양이 지구를 도는 것이 아니
라, 지구가 태양을 돈다는 것을 안지도 이제 겨우 4~5백
년 정도밖에 안 되었다. 그 전엔 모두 땅이 평평하고 그
끝은 낭떠러지이며, 하늘은 전체가 지구를 중심으로 회
전하고 있다고 여겼다.

뉴턴이 기본적인 물리학으로 제1, 제2운동의 법칙을
완성했고, 아인슈타인이 상대성 원리로 질량과 시간과
차원의 세계를 한 단계 높이며 설명을 했다. 시간도 늘렸
다 줄였다, 과거와 미래로의 이동도 가능하게 되었다. 그
리고 지금은 양자물리학의 세계를 통찰하여 인간은 원자
와 그 핵, 또 그 핵을 더 쪼개 양성자와 중성자, 그 주변을
돌고 있는 전자, 그리고 쿼크 등의 소립자의 세계를 보게
되었다. 그리고 더 나아가 원자의 대충돌을 통하여 없는

질량이 만들어지는 신의 입자라는 힉스입자까지도 통찰할 수 있게 되었다. 그 세계에서는 창조와 이동과 존재의 원리가 기존 물리학의 개념을 완전히 넘는 것을 알게 되었고, 존재와 움직임의 사유가 무한대일수도 있다는 것을 알게 되었다. 그리고 모든 법칙의 완성이라는 끈 이론을 통하여 이 세상은 11차원으로 이루어져 있는데 지금 인간은 그 안에서 3차원의 세계만을 인식하고 그 속에 갇혀 있다는 것을 알게 되었다.

그리고 얼마 전까지만 해도 이 우주는 영원하여 그 시작도 없고 우주의 저 멀리는 그 끝이 없다고 여겼다. 그러나 이제 인간은 이 우주가 아주 작은 한 점에서 빅뱅이라는 대폭발을 통하여 지금의 이 우주가 시작되었다는 것을 밝혀냈다. 우주는 처음부터 영원했던 것이 아니라 시작이 있었다는 것을 이해하게 된 것이다. 뿐만 아니라 이 우주는 계속 팽창하고 있다는 것을 관측을 통하여 알게 되었고 이는 또한 이 우주의 끝이 있다는 것을 알게 된 것이다. 지금은 그 끝을 첨단 망원경을 통해 직접 보고 있다. 그 끝 바로 다음은 다른 우주라고밖에는 말할 수 없다. 그 우주의 팽창 에너지는 암흑물질이라는 에너지로 이 우주 역시 그냥 아무 것도 없는 빈 공간의 허공이 아니라 무언가의 물질로 채워져 있다는 것이고 이는 이 우주의 공간 역시 어떤 물질이라는 것이다. 지금 내가 말하고 있는 것은 과학이라는 이름으로 불리고 있는 사실이다. 직접 보고 계산하여 예측하고 같이 실험할 수 있다는 얘기다. 요즘의 새로운 이론에 의하면 이 우주는 하나가 아니고 다중우주라는, 무한대의 이 우주와 다른 우주가 있다는 얘기다. 지금 우리가 있는 이 우주는 태양과 같은 행성이 천억 개가 모여 하나의 은하를 이루고 그 은하가 천억 개가 있다. 그것이 지금의 우리 우주이고 이 우주도 그 밖에 얼마나 다른 또 다른 우주가 있을 수 있다. 그 어마어마한 수의 바다 속에 한낱 작은 태양의 주위를 돌고 있는 작은 행성이 지금의 이 지구이다. 최소한 이 모든 하늘이라고 불리던 우주가 지구를 중심으로 돌아가고 있지도 않을뿐더러, 이 지구가 이 우주의 주인공은 최소한 아니라는 사실이다. 그 위에 살고 있는 수많은 생물들 가운데 한 종이 바로 우리 인간종이다. 이 역시 사실이다.

137억 년 전에 이 우주의 시작인 빅뱅이 일어났고 50억 년 전에 태양이 만들어졌고 40억 년 전에 지구가 만들어졌고 35억 년 전에 이 땅에 생명체가 만들어졌고 그 생명체들이 얽히고설키면서 3만 년 전에 지금의 우리 인간이라는 호모 사피엔스 사피엔스가 이 지구상에 등장을 하게 된 것이다. 이것은 수많은 화석 증거들과 지금의 유전자 분석으로 그 근원을 찾아간 결과들로서의 사실이다. 지금은 우리 인간들이 화성 등의 다른 수많은 별들 중에서 우리 외의 다른 생명체를 찾느라 온 노력을 다하고 있고, 거의 그 결과물을 만들어내기 직전일 뿐 아니라, 이 땅의 모든 과학자들은 98%가 그 다른 생명체의 존재를 확신하고 있다. 단지 아직 조우하지 못하고 있을 뿐이라고 믿고 있다. 이 역시 사실이다.

지금 우리가 말하는 1년은 지구가 태양을 한 바퀴 도는 시간을 말한다. 1억 년이라면 지구가 그 태양을 1억 번 돌았다는 얘기가 된다. 그러나 지금 우리가 쓰는 광자시계는 6인치 사이의 두 평행거울 사이를 광자가 1초에 10억 번 왕복한다. 온 우주의 거대한 그림 안에서 지구가 보이지도 않을 정도로 미미한 태양을 수억 번 돌았다는 시간의 유구함이라는 것도 그 안에서는 무의미해진다. 이 지구가 하루에 한 번 씩 엄청난 속도로 자전하고 있어도 그 위에 살고 있는 우리가 어지럼증을 느끼지 못하는 것처럼 이 우주 자체가 상상을 초월할 정도의 속도로 엄청난 회전을 하고 있어도 우리는 아무도 그것을 알 수 없다.

35억 년 전 몇 가지의 원소들이 모여 어느 순간 유기물로 합성이 되었고 그 유기물이 점점 변화하여 식물로, 물고기로, 또 땅위의 생명체로, 다시 포유류로, 그중에서 다시 인간종으로, 네안데르탈인 등의 다른 인간종을 거쳐 결국 지금의 호모 사피엔스 사피엔스로 변화(진화)되어 등장하고 언어와 문자가 지금의 이 문화를 만들고 과학이라는 이름으로 생명과 이 우주와 자연의 원리들을 이해하여 여기까지 찾아온 것도 역시 사실이다. 그런데 중요한 것은 이 모든 것이 인간을 향한 진보였느냐는 방향성인데 그것이 아니라 우연에 의한 다양성의 증가일 뿐이라는 사실이다.

300만 년 전에 인류의 첫 조상인 오스트랄로피테쿠스가 이 지구상에 나타나 최초의 도구를 사용하며 불완전하지만 두 발로 걷기 시작하고 구석기 시대를 열었다. 그 후 지금으로부터 50만 년 전엔 호모 에렉투스가 등장하여 불을 사용하며 완전한 직립보행을 시작했고, 약 20만 년 전엔 네안데르탈인이라 부르는 호모 사피엔스가 등장하여 시체매장 풍습을 보였다. 약 4만 년 전엔 크로마뇽인이라 불리는 현대 인류의 직계조상이라 할 수 있는 호모 사피엔스 사피엔스가 등장하여 벽화를 그리는 등 문화의 모습을 드러내기 시작하고 구석기 시대를 이어가며 본격적인 현존 인간의 시대를 열었다. 300만 년 전 아프리카에서 출발한 인간종은 100만 년 전엔 인도로, 50만 년 전엔 시베리아와 중국 등을 통해 한반도와 일본으로, 20만 년 전엔 유럽으로, 5만 년 전엔 호주대륙으로, 2만 년 전엔 알라스카를 통해 북아메리카로, 1만 년 전엔 남아메리카까지, 전 지구상에 퍼졌다. 1만 년 전, 곧 기원전 8000년부터는 신석기 시대가 열리면서 농사를 짓고 가축을 사육하며 정착하여 도시를 만들기 시작했다. 그 후 기원전 6000년엔 지구상 인구가 500만 명에서 2,000만 명으로 급격히 늘며 씨족사회가 형성되다가 부족사회로 진입이 되었고, 그때 지구상에서는 거의 동시에 메소포타니아문명, 이집트문명, 인더스문명, 황허문명이 나타났다. 이것이 인간이라는 존재의 출발이다. 이것은 과학이라는 이름으로 증명, 확인된 사실들이다. 그러나 성경의 연표는 지금부터 6000년 전, 곧 기원전 4000년에 하나님이 에덴동산에서 인간을 흙으로 만들었다고 기록되어 있다. 둘 중 하나는 틀렸거나 둘 다 틀렸거나 둘 다 맞거나이다. 이것 역시 사실이다.

지구가 탄생한 것은 약 45억 년 전이며 가장 오래된 생물의 화석은 35억 년 전의 암석에서 발견된 스트로마톨라이트이다. 현존하는 모든 생물은 DNA로 구성된 유전자를 가지고 있다. 이 모든 생물체의 공통 유전자를 추적해보면 그 생명의 계통수를 통해 하나의 세포를 만나게 된다. 결국 지금의 모든 지구상의 생명체는 생명제로라 일컫는 한 세포로부터 출발하는 것이다. 그것은 우연히 아미노산과 핵산 등이 가득한 유기물 스프에서 탄생했을 수도 있고, 혹자의 말대로 외계로부터 왔거나 신에 의해 창조되었을 수도 있다. 그러므로 만약 신이 인간을 창조하였다면 그 한 세포를 만들었다는 얘기가 된다. 그러나 사실은 50여 년 전에 스탠리 밀러에 의해 실험관의 원시스프에서 아미노산의 일부를 만들어 내는 데 성공하여 무기물이 유기물로, 그 속에서 다시 단백질 등의 생물체로 이어질 수 있다는 것이 증명되었다. 이 역시 사실이다.

인간의 DNA는 30억 쌍의 염기로 이루어져 있으며 그 안에는 3~4만 종류의 유전자가 있다. 이것은 99.9% 유전이 되고 그 0.1%의 변화가 내가 된다. 모든 생물이 태어나서 자라고 때가 되어 죽는 것은 유전자 정보 속에 이미 그렇게 되도록 그려져 있기 때문이다. 만약 인간생명에 운명이 있다면 그것은 그 유전자에 입력되어 있는 정보가 바로 그의 운명이 되는 것이다. 운명의 변동은 바로 유전자 정보의 조작인 것이다. 그러나 그 유전자도 그 환경과 그 조건에 따라 수많은 상태로 발현이 된다. 그러므로 인간은 그 자신의 생사 운명도 조절 가능해지는 것이다. 이 또한 사실이다.

데카르트의 "생각한다. 고로 존재한다"는 명제를 현재

과학은 "존재한다. 고로 생각한다"로 바꿔 말하고 있다. 인간의 마음은 가슴인가 머리인가라는 고대부터의 물음은 현재 과학을 통해 머리의 뇌라는 사실이 밝혀졌다. 결론적으로 말해 인간의 마음은 뇌의 활동이라는 얘기다. 인간의 뇌는 모든 생명체의 기본이 되는 수소, 탄소, 산소, 질소, 인 등 보통의 화학원소들이다. 이들이 100억 개가 넘는 신경세포로 조직화되고, 이는 또한 축삭이라는 꼬리를 통해 전기신호화되고 이는 다른 신경세포와 서로 시냅스를 이루며 초천문학적인 수만큼의 경우의 수를 통해 화학적, 전기적, 디지털 전파적으로 반응한다. 시각은 뇌의 후두엽과 측두엽 아래 부분, 두정엽이 반응한다. 청각은 측두엽 위쪽에서 처리하고, 촉각은 두정엽의 뒤에서 처리된다. 집중할 때는 뇌전반부와 두정엽을 포함한 뇌 후반부의 상호작용과 뇌간의 각성효과가 중요하다. 이와 같이 마음은 뇌 신경회로의 통합적 활동을 통해 발현되는 것이다. 바로 뇌 신경회로의 복잡하고 정교한 배열이 마음이다. 이것이 사실이다.

인간진화의 큰 명제를 말할 때에 곧잘 시계수리공에

비유하여 어떤 광학기계보다도 정교한 인간의 눈을 예로 들며 절대 우연일 수 없다하지만 생물의 진화계통수에서 40번 이상 독립적으로 수렴진화한 눈은 자연선택의 힘을 또한 설명한다. 생물들 속엔 지금의 인간보다도 더 정교하고 실용적인 눈을 얼마든지 찾아볼 수 있다. 많은 진화생물학자들은 진화를 진보가 아닌 다양성의 증가로 이해하고 있다. 그 마지막의 인간을 진화의 최종 목적으로 하지 않는 것은 당연하다. 단지 그렇게 되었다는 얘기다. 인류 역사에서도 비슷한 시기에 4대문명이 각기 독립적으로 각 대륙에서 발현하고 비슷한 시기에 거대 제국이 만들어지고 또한 거의 비슷한 시기에 거대 종교들이 각 대륙에서 각자 독립적으로 발현했다. 이는 미시적인 세계에서 눈을 돌려 지구 밖의 다른 세계에서도 그 끝을 알 수 없는 어떤 흐름의 타이밍을 감지할 수 있음을 말하는 것이다. 이것이 사실이다.

　지금까지 몇 가지 아주 중요한 현재 인류의 시각을 말했다. 지금 사회에서는 기독교를 믿는 것은 대단히 비과학적인 행위로 이해를 한다. 교회 역시 어느 정도는 그 말을 받아들이고 종교는 과학과는 다른 영역이라고 강변한다.

　과학의 실험적인 눈으로 신비한 종교의 체계를 보지 말 것을 주문한다. 그러면서 하나님을 직접 만날 것을 요구한다. 하지만 아이들은 고개를 갸웃거린다. 도저히 그 말을 끝까지 이해하지 못한다. 첫째가 인간이 미생물에 서부터 진화되어 온 것이 뻔한 걸 왜 다르게 말하는가이다. 모든 화석 증거와 요즘의 유전자 분석을 통하여 너무도 명백하게 드러난 사실이기 때문이다. 또 하나는 이 우주는 빅뱅이라는 대폭발을 통해 시작되고 만들어진 것이 분명한데 왜 하나님이 천지(하늘과 땅)를 말씀으로 창조했다고 하느냐는 거다. 그리고 또 하나는 선악과라는 열매 하나 따먹은 것이 뭘 그리 큰 죄라고 인간에게 그 죄값이 죽음이라며 이리도 잔인하고 모질게 죽음과 노동과 온갖 인간사 고통을 짐 지우냐는 것이다. 이해를 못하는 것이다. 비과학적이고 비논리적이고 비이성적이라는 얘기다. 나도 그리 설교할 때면 가슴이 아프고 뒷머리가 뜨끈하였다. 지금 내가 세상에서 없어진 사람이 된 것도, 내가 지금까지 7년 동안 깊은 생각에 잠겼던 것도 바로 그 문제의 답을 찾기 위함이었다.

　그런데 문제는 하나님의 실존이 실제라는 사실이다. 쉽게 말하면 하나님은 살아 계시다는 거다. 나는 수십 년간 목사로 일하며, 또 목사님이신 내 아버님 때부터 교회가 집이 되어 교회 안에서 자라며, 나는 무수히 많은 하나님의 살아계심을 체험해 왔다. 그것은 나만이 아니라 수많은 사람들이 경험한 사실들이다. 하루 이틀의 몇몇 우연한 사건이 아니고 몇 세기에 걸쳐 아주 오랜 시간 동안 이루어진 지구 곳곳에서의 동일한 경험이라는 것이다. 그것도 교회 안에서는 성경이라는 기본 텍스트를 기반으로 그 안에서 같은 경험들이 일관되게 이루어지고 있다. 또한, 영적인 사건이라 불리는 귀신 이야기, 과학적으로 설명이 안 되는 기이한 현상들, 수많은 기적들, 또한 기독교뿐 아니라 세계의 다른 여러 종교들에서도 동일하게 일어나는 수많은 종교적 기적들과 사건들 등을 통하여 인간들이 신이라 부르는 존재들의 실체를 부인하기도 어려운 것이 또한 사실이다. 단지 간단한 믿음의 문제로 인한 심리적인 우연한 현상이라 치부해 버리기에는 너무도 많은 실험적 신적 증거들이 인간 역사 이래 있어 왔다. 그럼 그 현상들은 무엇일까? 과학과 철학과 사회현상의 객관적 실체와는 신과 종교는 어떤 연관을 가질까? 전혀 다른 대척점에 있는 서로 이해 불가한, 서로 불가침의 것일 뿐일까?

이제 나는 성경에 대하여 말할 것이다. 성경이 맞는다면, 또 과학이 맞는다면, 둘 다 맞아야 하고, 그것은 어느 지점에서 서로 만나야 한다. 그렇게 된다면 그것이 진짜 사실일 수밖에 없다. 서로가 서로를 이해시키고, 서로가 서로를 설명해주어야 한다. 그러나 그 양쪽의 시선을 동시에 전문적 지식으로 갖기가 사실 어렵다. 내가 지금 7년 동안 한 일이다. 그리고 그 접점을 찾았다. 둘 다 사실이라면 결론적으로 이럴 수밖에 없다. 그 끝은 이렇다.

먼저, 나는 뭔가? 철학적, 형이상학적 사유가 아닌, 있는 그대로의 나라는 존재를 설명하면, 나는 내가 태어나서 살아오며 경험한 모든 사건들이 기억되어 모아진 정보의 총합이다. 뇌 속에 기억된 모든 사건들로 나라는 존재가 형성되어 있고, 또 그 정체성을 이룬다는 것이다. 나는 곧, 그 모아진 정보이다. 영혼은 나의 육체라는 물질이 없어진 후에도 그 기억이 전기적 정보로 남아 전자기파로 있는 것을 말한다. 나는 실제로 많은 귀신들을 만났다. 그들은 한결같이 그가 살아있을 때의 어떤 사실, 곧 그 정보를 알고 있었다. 그 정보 자체였다는 것이다. 그들은 다른 인간의 뇌를 항상 숙주삼아 마치 바이러스처럼 작동하며 그 뇌와 몸을 이용했다. 그것이 영혼이었다. 마치 영혼이 아무 감흥도 없이 어떤 정체성도 없는 멍한 에테르 같은 존재라면 모든 종교적 구원과 기쁨은 의미가 없다. 인간이 영혼이 있다면 바로 그와 같은 기억정보 메커니즘을 가지고 있다는 얘기다. 인간만이 영혼이 있는 존재라면, 인간만이 그런 뇌 작동의 메커니즘을 가지고 있다는 것이 된다. 그러나 사실 아직 인간의 과학은 그것을 자유롭게 수신하는 방법을 모른다. 이것도 사실, 과학이다.]

운하는 명신을 보았다.

"정말 획기적인 아이디어인데요? 과학적인 단어로 말하면요. 절대 목사의 입에서 나올 수는 없는 얘기예요."

"그러네요."

[이제부터 성경을 직접 말해야겠다. 만약 성경이 사실이라면 이래야 한다는 얘기다. 지금부터는 직설적으로 바로 말할 것이다. 만약 누가 지금 이 글을 읽고 있다면 그리 마음을 정하고 읽기 바란다.

성경에 하나님은 항상 하나님들(복수형)로 써져 있다. 그러다 어떤 경우에만 하나님(단수형)이라고 되어 있다. 그중 하나라는 얘기다. 하지만 교회에서는 그것을 합리적이고 객관적으로 설명할 수 없으니까 삼위일체론이라는 교리언어로 '셋이 같이 또 따로'라는 방식으로 설명한다. 하지만 그것은 지금부터 1,500여 년 전에 이해했던 사유와 언어와 사고방식이다. 지금, 있는 그대로 얘기하자. 성경엔 신들의 세계에 '그들'이 있다. 하나님들, 하나님, 제일 높은 자, 천사들, 사탄, 귀신들, 장로들, 스랍, 악한 천사들, 하늘의 군대, 악한 군대, 구름같이 많이 모여

보좌 앞에서 노래하는 자들…. 바로, 그들의 세계라는 얘기다. 그 세계 안엔 그들이 있다는 사실이다. 그들은 누구인가?

나는 7년 동안 깊은 생각 속에 과학과 성경, 성경과 과학은 하나라는 것을 알게 되었다. 이제야 인간들이 인간들의 사유와 논리와 학문으로 이해할 수 있게 되었지만—아직 완벽하진 않다—둘은 하나다. 창세기는 지금부터 3,500년 전에 히브리어로 기록되었고, 예수의 얘기가 있는 복음서 등의 신약은 2,000년 전에 헬라어로 기록이 되었다. 그때는 땅은 평평하고 그 끝에 절벽이 있으며 모든 별들과 태양은 지구를 중심으로 돌고 있다고 여길 때였다.

어쨌거나 성경이 사실이라면 그 하나님들이 천지를 만들었다. ⟨** "태초에 하나님(엘로힘: 하나님의 복수형)이 천지를 창조하시니라"(창세기 1장 1절) **⟩ 성경에 써진 대로 하면 처음엔 빛이다. 그것은 바로 인간들이 이제야 이해한 빅뱅이었다. 왜냐하면 성경에서 인간에게 빛이라는 태양은 네 번째 날 만들었고 인간의 하루 역시 그날 만들어졌다. 그런데 얼마 전 스위스의 CERN에서는 세계의 과학자들이 모여 초대형가속기 안에서 원자를 충돌시켜 작은 빅뱅을 일으켰고 거기에서 신의 입자라고 하는 무형의 힉스입자도 발견하였다. 다음에 하나님들은 창공을 만들고, 식물을 만들고 별들을 만들고, 물고기와 새와 짐승과 사람을 차례로 만들었다. 이는 인간이 이제는 알지만−세상이 조성되고 생물이 만들어진 것과 같은 원리와 순서대로 만들어진 것을 알 수 있다. 그런데 여기에서부터 아주 복잡하고 미묘한 문제가 나온다. 첫째는, 하나님들은 하나님들의 모양과 형상대로 사람을 만들었다는 사실이다. 〈** "하나님(엘로힘: 하나님의 복수형)이 이르시되 우리의 형상을 따라 우리의 모양대로 우리가 사람을 만들고 그들로 바다의 물고기와 하늘의 새와 가축과 온 땅과 땅에 기는 모든 것을 다스리게 하자 하시고 하나님이 자기 형상 곧 하나님의 형상대로 사람을 창조하시되 남자와 여자를 창조하시고 하나님이 그들에게 복을 주시며…"(창세기 1장 26절-28절) **〉 그러나 하나님은 영이어서 어떤 모양도 형상도 없다. 지금 우리가 알고 있는 물질이 아니라는 얘기다. 그런데도 하나님은 인간을 그 하나님의 모양과 형상대로 만들었다고 성경에 기록하고 있다. 그러나 인간은 여러 원소로 이루어진 물질이다. 이것을 현재의 교회는 인간도 하나님처럼 영적

존재라고 말한다. 그래서 인간은 하나님을 닮은 영이라는 것이다. 그렇게 하나님의 모양과 형상대로 만들어졌다는 것이다. 하지만 모양과 형상은 사실 그 속의 영적 형이상학이 아니다. 말 그대로 그 모양과 형상이다. 이는 대단히 난해하고 설명하기 어려운 문제인 것만은 사실이다. 그러나 그 말이 사실이라면 당연히 인간은 하나님과 생김새가 같아야 한다. 둘째는, 하나님이 '선악과' 곧 선과 악을 아는 나무의 과실은 먹지 말라고 했다. 그러면 정녕 죽는다고 했다. 〈** "여호와 하나님(엘로힘: 하나님의 복수형)이 그 사람에게 명하여 이르시되 동산 각종 나무의 열매는 네가 임의로 먹되 선악을 알게 하는 나무의 열매는 먹지 말라 네가 먹는 날에는 반드시 죽으리라 하시니라"(창세기 2장 16절-17절) **〉 그러나 인간은 사탄인 뱀의 유혹으로 그 선과 악을 아는 나무의 과실을 먹고 만다. 그리고 다시 흙으로 돌아가게 된다. 그런데 여기에서 아주 중요한 문제가 나오는데, 하나님이 인간을 에덴에서 내보낼 때 그 하나님이 하나님들이었다는 사실이다. 그리고 아담을 내보낸 이유가 그들이 말하길 '선악을 아는 일에 우리 중 하나같이 되었기 때문'이었다고 말하고 있다. 〈** "여호와 하나님

(엘로힘: 하나님의 복수형)이 이르시되 보라 이 사람이 선악을 아는 일에 우리 중 하나같이 되었으니 그가 그의 손을 들어 생명나무 열매도 따먹고 영생할까 하노라 하시고 여호와 하나님(엘로힘: 하나님의 복수형)이 에덴동산에서 그를 내보내어 그의 근원이 된 땅을 갈게 하시니라 이같이 하나님이 그 사람을 쫓아내시고 에덴동산 동쪽에 그룹들과 두루 도는 불 칼을 두어 생명나무의 길을 지키게 하시니라"(창세기 3장 22절-24절) **〉 다시 말하면 사람이 에덴에서 쫓겨난 것은 불순종이 아니라 바로 하나님이 되었기 때문이었다. 그것은 사탄에 의하면 '선악을 아는 일에 눈이 밝아 하나님처럼 되는 것'이 바로 그 나무 실과를 먹는 일이었던 것이다. 〈** "뱀이 여자에게 이르되 너희가 결코 죽지 아니하리라 너희가 그것을 먹는 날에는 너희 눈이 밝아져 하나님과 같이 되어 선악을 알 줄 하나님이 아심이니라"(창세기 3장 4절-5절) **〉 뒤집어보면, 이것은 인간이 선악을 아는 개념을 가진 때부터 신들과 같아진 것이다. 그리고 특이한 것은 그러고 난 후 제일 먼저 인간이 한 것은 벌거벗은 것을 알고 부끄러워 몸을 나뭇잎으로 가렸다는 것이다. 〈** "이에 그들의 눈이 밝아져 자기들이 벗은 줄을 알고 무화과나무 잎을 엮어 치마로 삼았더

라"(창세기 3장 7절) **〉 이것은 대단히 많은 의미를 가지고 있다. 그리고 성경에서 일관되게 관통되는 몇 가지 중요한 부분들이 있는데 그것은 바로 우리 몸이 살아있는 하나님의 성전이라는 것이다. 〈** "너희는 너희가 하나님의 성전인 것과 하나님의 성령이 너희 안에 계시는 것을 알지 못하느냐"(고린도전서 3장 16절), "그러므로 형제들아 내가 하나님의 모든 자비하심으로 너희를 권하노니 너희 몸을 하나님이 기뻐하시는 거룩한 산 제물로 드리라 이는 너희가 드릴 영적 예배니라"(로마서 12장 1절) **〉 그리고 그 몸의 주인이 하나님의 영인 거룩한 성령이 되어야지 귀신같은 악령이 몸의 주인이 되어서는 안 된다는 것이다. 그들은 하나같이 인간의 몸을 가지려 하고 인간의 몸을 중요하게 여기고 있다. 또 하나 성경에서 일관되게 말하는 것은 바로 인간이 하지 말아야 할 것 두 가지인데, 그것은 바로 '음란'과 '탐심'이다. '음란'은 육체의 쾌락을 위한 섹스이고—사실 모든 짐승 중에 종족 번식과 상관없이 섹스를 즐기는 존재는 인간 외에는 거의 없다고 할 수 있다. 〈** "음행을 피하라 사람이 범하는 죄마다 몸 밖에 있거니와 음행하는 자는 자기 몸에 죄를 범하느니라 너희 몸은 너희가 하나님께로부터 받은바 너희 가운데 계신 성령의 전인 줄을 알지 못하느냐 너희는 너희 자신의 것이 아니라 값으로 산 것이 되었으니 그런즉 너희 몸으로 하나님께 영광을 돌리라"(고린도전서 6장 18절-20절) **〉 '탐심'은 욕심, 곧 뭔가 계속 채우려는 욕망인 것이다. 이 두 가지가 바로 지옥이고 인간이 절대 하지 말아야 할 구원의 아주 중요한 조건이다. 〈** "그러므로 땅에 있는 지체를 죽이라 곧 음란과 부정과 사욕과 악한 정욕과 탐심이니 탐심은 우상숭배니라 이것들로 말미암아 하나님의 진노가 임하느니라"(골로새서 3장 5절-6절) **〉 그리고 마지막 날 모든 인간은 심판을 받는데 그 자료가 바로 각 사람마다 평생의 모든 행위가 기록되었다는 행위책과 생명책이다. 그 결과에 따라 지옥과 천국으로 나뉜다. 그러다 결국은 영원히 꺼지지 않는 불못으로 지옥자들은 들어간다. 〈** "또 내가 크고 흰 보좌와 그 위에 앉으신 이를 보니 땅과 하늘이 그 앞에서 피하여 간 데 없더라 또 내가 보니 죽은 자들이 큰 자나 작은 자나 그 보좌 앞에 서있는데 책들이 펴 있고 또 다른 책이 펴졌으니 곧 생명책이라 죽은 자들이 자기 행위를 따라 책들에 기록된 대로 심판을 받으니 바다가 그 가운데에서 죽은 자들을 내주고 또 사망과 음부도 그 가운데에서 죽은 자들을 내주매 각 사람이 자기의 행위대로 심판을 받고 사망과 음부도 불못에 던져지니 이것은 둘째 사망 곧 불못이라 누구든지 생명책에 기록되지 못한 자는 불못에 던져지더라"(요한계시록 20장 11절-15절)

**〉이 지구 모든 것의 마지막은 블랙홀이다. 인간 뇌 기억정보의 모든 전파들도 결국은 지구의 중력장 안에 있다. 무엇보다도 이 수많은 사람들의 모든 행위를 어떻게 누가 전부 기록한다는 건가? 이것이야말로 진짜 비과학적이고 우화적이라 지금껏 여겨졌다. 그러나 그 답이 있다. 바로 인간 각자 각자의 뇌 속에 자신들의 모든 행동들이 전부 기억으로 저장되어 남아 있는 것이다. 그것이 바로 행위책이었고 그 행위의 기억들이 고통으로 저장되어 있으면 영원히 그 기억 정보 안에서 고통 속에 멈추어 갇히는 것이다. 그것이 바로 지옥이었다. 그것이 아름다우면 영원히 아름다움 속에 사는 것이다. 단, 그것은 절대 업그레이드되지 않는다. 뇌가 없어지면 더 이상의 업그레이드는 불가능하다. 그것이 바로 영혼이고, 심판이고, 그걸로 끝이다. 그래서 몸이 없으니 섹스가 불가능한 거고 그것이 영원한 고통이 되는 거고.

더 업그레이드되지 않으니 욕심이 영원히 무의미한 고

통만 되는 것이다. 그것이 진짜 더 고통스러운 지옥이 된다. 이 모든 것이 이제야 인간들의 눈에 보이고 이해가 되는 것이다. 과학이라는 이름으로 여기까지 접근해왔고 지금 내가 쓰는 이 글이 바로 어쩌면 최초로 그 문제에 접근하고 있는 것일지도 모른다. 이제 진짜 놀라운 사실 하나를 더 말하지 않을 수 없다. 진짜 가장 중요한 것이다. 바로 하나님들에 관한 것인데, 진짜 성경이 사실이라면 이럴 수밖에 없으므로 누구든지 지금 이 글을 읽고 있다면 너무 충격적인 사실에 놀라지 말기를 바란다.

지금 우리가 살고 있는 이 우주는 1000억 개 정도의 태양과 같은 행성이 모여 하나의 은하가 되고, 그런 은하가 1000억 개 정도 모여 있는 곳이다. 이것의 크기는 우리가 느낌으로 가늠하기가 도저히 불가능할 만큼의 큰 크기이다. 그런데 이 큰 우주가 축구공 크기만한 최고도로 압축된 어떤 것으로부터 137억 년 전 대폭발을 일으키며 차츰 헬륨, 수소… 등으로 주기율표에 의한 차례대로 탄소유기물인 모든 생물의 근본이 되는 탄소로 해서 가장 무거운 철에 이르기까지 원소가 만들어지며 지금의 우주와 우리 지구의 모습이 된 것이다. 이것은 증명된 과학이다. 성경이 사실이라면 하나님들은 그 축구공 밖에 있어야 한다. 이 우주를 그 하나님들이 창조했기 때문이다. 다시 말하면 하나님은 이 우주 밖에 있어야 한다는 얘기다. 아까도 말한 대로 하나님들만 있는 것이 아니라 수많은 그들이 있다. 그런데 그들 역시 분명히 이 지구나 이 우주에서 조성된 것은 아니라는 사실이다. 그들도 이 우주 밖에 있는 존재들이다. 그런데 그들은 하나님들을 포함해서 모두 물질이 아니다. 그러나 있다. 그것을 우리는 지금 영이라고 말한다. 그것이 영이다. 그들은 그것을 스스로 만들었다. 그것이 바로 놀라운 것이다. 사실 지금 우리 인간에겐 이 우주를 만들었다는 것이 상상이 안 될 만큼의 위대하고 신비스러운 일이지만 그들에겐 아무 것도 아닌 아주 사소한 일일수도 있다. 지금 우리 인간의 가장 궁극적 이론이라는 초끈 이론이란 미립자의 세계에서 입자들이 구형으로 조합된 것이 아니라 진동하는 끈 형태로 조합되어 그 조합의 가변성에 따라 여러 난제들을 해결해 나가는 최첨단 이론이고, M이론이란 그 모든 이론들을 통합하는 궁극의 이론으로 불리고 있다. 또한 새로운 이론에 의하면 이 우주가 무한대로 있다. 이 우주가 그 무한대의 우주 속 아주 사소한 것일 수도 있다는 것이다. 성경에도 하늘 위의 하늘이나 삼층천이라는 말이 여러 번 나오지 않는가. 이제 우리 인간도 여기까지는 이해할 수 있게 되었다. 성경에 역시 일관되게 관통하는 또 하나의 이야기는 이 세상과 사람을 만든 하나님의 이유가 인간에게 주인공으로 맞춰져 있지 않다는 것이다. 우리 인간은 무조건 하나님께 순종하고 하나님을 찬양하고 인간의 몸 속엔 하나님의 영을 모셔야만 하도록 되어 있다. 이것이 바로 인간의 기본적인 본분이라고 기록되어 있다. ⟨** "일의 결국을 다 들었으니 하나님을 경외하고 그의 명령들을 지킬지어다 이것이 모든 사람의 본분이니라"(전도서 12장 13절) **⟩ 인간은 인간을 위해서 만든 것이 아니라 하나님들을 위해서 만들었다는 사실이다. 그것은 바로 성경의 부활이 사실은 우리 인간의 부활이 아니라 그들의 부활이었던 것이다. 그들은 어떤 이유에서든 스스로의 몸을 버리고 다시 몸을 만든 것이었다. 스스로는 자신들의 정보만을 남긴 채. 그렇게 만든 몸, 그것이 바로 인간이었다. 그런데 그 하나님들이 인간을 너무 사랑하여 그들과 같은 영을 주고 〈** "여호와 하나님이 땅의 흙으로 사람을 지으시고 생기를 그 코에 불어넣으시니 사람이 생령이 되니라"(창세기 2장 7절) **〉 하나님들처럼 되게 해서 인간을 살린 거고. 그것이 실수가 되었고. 그래서 그 아들이 예수로 와서 아버지 하나님 대신 죽고 인간들은 다 살린 것이다. 그것이 바로 은혜인 것이다. 인간사랑. 단지 몸만 가지려 했는데 인간도 그들처럼 하나님으로 만들어서 그것이 문제가 된 거고 그래서 밤낮 사탄이 하나님을 참소한 거였다. 나는 성경을 연구하면서 아주 오랫동안 궁금했던 것이 있었다. 왜 예수는 항상 십자가에서 죽은 것이 인간이 아니라 아버지 때문이라고 했을까였다. 사람을 만든 것은 하나님들이었고, 사람에게 호흡을 불어넣은 것은 그중 한 하나님이었다. 그리고 사람은 결국 선과 악을 알게 되었고, 하나님들처럼 되자, 하나님들은 사람을 에덴에서 내보낸 것이다. 그래서 결국 하나님은 야곱의 자손만 가지게 되었고, 대신 죽은 아들은 모든 사람을 누구나 자기를 믿기만 하면 다 가지게 된 것이다. 나머지는 그들 중 뭐든 누구든 아무나 다 인간의 몸을 가지면 그대로 나누어 인간의 몸을 가지고 그 주인이 된 것이다. 그것이 바로 인간의 몸이다. 사실은 인간의 뇌이지만−영의 실체는 정보이고 그것을 다시 재생시키는 것이 바로 인간의 뇌인 것이다. 그 정보들은 마치 바이러스와 같이 작동한다. 평상시에는 생물이 아니지만 생물에 기생할 때에만 그 바이러스의 정보에 따라 생물의 세포들이 작동을 하는 것과 똑같다. 지금의 온 우주에서 사실 인간의 육체만큼 신비스럽고 모든 것의 정점인 것이 없다. 지금 지구상의 모든 생물체 중 가장 끝의 진화 꼭지가 바로 인간이다. 이제 여기서더 상위개념의 생물진화는 기계 외에는 없다. 또한 이 우주에서 생명체가 존재하는 지금의 지구만큼 절묘하게 환경과 상태가 조성된 곳도 없다. 모든 생물은 탄소물로 이루어진 유기체이다. 생명체의 근본 기둥이 되는 탄소가 이 우주에 생겼을 때의 우주상수가 1이었다. 우연치고는 기이하다. 꼭 그렇게 하기 위해 이 우주가 진행된 것처럼. 또한 지금 이 지구의 크기야말로 생명탄생의 가장 중요한 요소이다. 더 커도, 더 작아도 생명탄생이 불가능하기 때문이다. 중력과 온도 등이 지금 이 지구 크기여야 하기 때문이다. 이렇게 만들어진 생명탄생과 그 생물체 진화의 끝이 바로 지금의 사람인 것이다. 바로 하나님들과 모양과 형상이 같은 인간이란 존재인 것이다. 이렇게 사람의 육체는 우주 모든 것의 최고 정점에 있다. 그 육체를 놓고 그들은 서로 차지하려고 지금 전쟁 중이다. 자신들만을 위해서. 하지만 하나님이 자기 아들을 대신 죽이면서까지 사람을 사랑하셔서 사람을 하나님들과 같은 존재로 만들었고 인정받았고 그 덕분에 사람은 한낱 고기 덩어리로 끝나지 않고 사람도 하나님들처럼 자신의 정체성을 그대로 가진 채로 하나님들과 함께 그 속에 섞여서 영원히 살 길이 열린 것이다. 이것이 바로 하나님이 그들의 피조물인 인간을 사랑하신 것이다. 그들이 왜 인간의 몸을 다시 만들었는지 알 수는 없다. 그들의 몸이 왜 다 없어졌는지도 알 수 없다. 그러나 한 가지 분명한 것은 그들은 지금 현재는 모두 그 실체가 없는, 다시 말하면 그들은 모두 물질이 아니라는 것이다. 영이라는 존재, 곧 정보로만 있다. 그러나 그들은 그 정보만으로도 모든 것을 그들이 물질이었을 때와 똑같이 하는 방법을 알고 있다. 그것이 바로 철학적 의미의 시뮬레이션이다.

이제 마지막 부분을 말하자.

성경이 사실이라면, 하나님들과 그들은 있다. 그것도 인간이 이해하는 시간으로 137억 년 전 축구공만한 것으로부터 대폭발이 있기 전 그들은 이 우주가 만들어지기 전 그 밖에, 그들은 그곳에 있었다. 그들은 그때 이미 물질이 아니었다. 어떤 이유에선지는 모른다. 그들은 이 우주를 만들었고 그 속에 지금 우리 인간의 몸을 조성했다. 만들어지게 했다는 것이다. 그 근본은 유전자다. 진화라는 방법을 사용했다. 도킨스의 의견에 따르면 첫 유전자가 옷을 계속 바꿔가면서 지금의 인간이 되었다는 것이다. 결국 주인공은 사람이 아니고 그 첫 유전자인 것인데 그것이 바로 정보라는 것이다. 결국. 왜냐하면 유전자란 원소들의 그 배열이기 때문이다. 그들은 그들의 몸이 없어지기 전 그들의 모습은 지금의 우리 인간과 같았다. 그래서 그들은 그들과 같은 모양과 형상으로 다시 우리 인간을 만들었다. 쉽게 인간을 예를 들어 설명을 한 번 해보자. 지금 우리 지구에 완전 종말이 온다고 치자. 피할 방법은 전혀 없다. 그래서 지금 인간들은 연구 끝에 최고의 과학 수준을 만들었고 각각 사람의 뇌 속 기억정보만-몸이 완전히 사라져도-존재하는 방법을 찾았고 이 지구가 없어져도 다시 인간의 몸을 이 우주 어딘가에 다시 만들어 다시 그 자신의 정보만으로 그 몸으로 들어가 가지면 자기 자신의 부활이 되는 것이다. 그것이 바로 지구와 인류 종말을 극복할 수 있는 유일한 방법이었다. — 그들은 바로 이렇게 한 것이다. 그것이 바로 우리 인간이었다. 그런데 문제가 생겼다. 그 하나님들 중 한 하나님이 그렇게 만들어놓은 인간을 어느 단계에서 그만 개념이 있는 뇌를 사용할 수 있는 존재, 곧 그 하나님들과 같은 존재로 만들어 버렸고, 대신 그 값으로 자신의 아들을 대신 죽이고 인간은 살려낸 것이다. 그래서 인간도 그들과 같이 몸이 없어져도 자신에 대한 그 뇌의 기억 정보만으로도 존재할 수 있게 된 것이다. 그것이 바로 인간의 영혼이다. 지금까지의 인간은 이런 사실들을 이해할 과학적 수준이 안 되었다. 그러나 이제 인간의 과학은 거의 그들과 같은 수준에 이르고 있다. 지금 내가 쓰고 있는 이 글이 어쩌면 인류 최초로 이 사실을 드러내기 시작한 것일지도 모른다. 이 지구는 지금부터 약 50억 년 정도 후면 수명을 다하고 스스로 붕괴되거나, 태양에 흡수되거나, 다른 별에 끌려 나가거나 하여 결국은 영원히 꺼지지 않는 불못인

블랙홀 속으로 사라지게 될 것이다. 그때가 바로 성경의 마지막 심판 때요, 새 하늘과 새 땅이 내려오는 때일 것이다. 그때 지구만 없어질지 이 우주가 같이 소멸될지는 모른다. 그런데 성경에 보면 그때에는 하늘이 두루마리처럼 둘둘 말려서 사라지고 하늘에서 새 하늘과 새 땅이 내려온다고 했다. 무한대로 있는 우주들 속에 이 우주는 아마도 그때 같이 소멸될지도 모른다. 성경에 그렇게 써져 있다는 애기다. 〈** "하늘의 만상이 사라지고 하늘들이 두루마리 같이 말리되 그 만상의 쇠잔함이 포도나무 잎이 마름 같고 무화과나무 잎이 마름 같으리라"(이사야 34장 4절), "하늘은 두루마리가 말리는 것 같이 떠나가고 각 산과 섬이 제자리에서 옮겨지매"(요한계시록 6장 14절) "또 내가 크고 흰 보좌와 그 위에 앉으신 이를 보니 땅과 하늘이 그 앞에서 피하여 간 데 없더라"(요한계시록 20장 11절), "또 내가 새 하늘과 새 땅을 보니 처음 하늘과 처음 땅이 없어졌고 바다도 다시 있지 않더라 또 내가 보매 거룩한 성 새 예루살렘이 하나님께로부터 하늘에서 내려오니 그 준비한 것이 신부가 남편을 위하여 단장한 것 같더라"(요한계시록 21장 1절-2절) **〉 그때가 진짜 성경에 있는 구원의 때다. 그때까지는 모든 인간들이 자신들이 살아온 삶의 기억대로만 존재하는 것이다. 그래서 죽을 때 나쁜 기억만 있으면 그는 영원히 그 고통 속에서 살고 행복한 기억만 있으면 그는 영원히 행복한 상태로 사는 것이다. 그것이 바로 천국과 지옥이요, 신학적으로 중간지대라고 하는 것이다. 그리고 그 모든 혼란의 와중에서 빠져나가 하나님들과 함께 하는 유일한 방법은 바로 사랑의 개념, 즉 성령 안에 들어가는 것이다. 지금도 하나님은 사랑이라는 개념으로 우리 인간들과 이 우주 안팎을 소통하고 있기 때문이다. 그러므로 인간은 죽을 때 좋게 죽고 자신 삶의 기억정보를 항상 잘 관리해야만 한다. 나쁜 기억은 잊고 좋은 기억만 남기는 것이 아니라 모든 기억을 좋게 만들어야 하는 것이다. 그것도 죽는 순간에 그리해야만 한다. 자신의 삶 전부를 돌이켜 볼 때에 그래야 한다는 것이다. 그것이 바로 구원이다. 하지만 누구나 죽는 순간을 예측할 수 없으므로 항상 그리해 놓아 준비를 하고 있어야 하는 것이다. 또 큰 우주선과 같은 개념인 사랑 안으로 들어가야 한다. 그것이 바로 성령이다. 그곳에선 '따로 또 같이'가 가능한 곳이다. 바로 그 안이 구원의 우주선인 것이다. 사랑 안에만 들어가면 그 안에서는 서로 모든 것과의 소통이 가능하고 그 안에선 자신의 정체성이 살아 있고 그 안이 바로 시뮬레이터이고 모든 시간과 공간을 초월하여 그들과 같이 지낼 수 있는 곳이다. 이것이 내가 7년 동안 저 벤치에 앉아 깊은 상념 속에서 발견한 사실이다.]

명신은 숨을 몰아쉬었다.

운하는 창백하게 떨고 있는 명신을 쳐다보았다. 명신은 지금 어떻게 자신을 정리해야 할지를 고민하고 있는 것처럼 보였다. 그러나 비신앙인인 운하는 사실 지금 정오정 목사의 이 글이 그 논리나 실험적 아이디어가 지금까지의 종교적 영역을 너무 넘는 것같이도 보였지만 충분히 납득이가고, 오히려 공감하는 부분도 많이 있다고 느끼고 있었다. 그러나 전통적이고 독실한 기독교인인 명신은 이 글들이 감당하고 담아내기가 힘들어 보였다. 운하는 당연한 일이라 여겼다.

"혼란스러워요…."

명신이 운하를 보며 혼잣말처럼 말했다.

"그렇겠네요."

운하는 웃어주었다.

"어떻게 성경을 가지고 이렇게 설명을 하고 생각을 할 수 있지요? 그것도 수만 명의 성도들에게 존경받으시는 목사님께서요….."

명신이 말끝을 흐렸다. 지금 이 경우의 상황에서 명신은 이 정오정 목사의 말들에 동의를 하는 것이 신앙적인 믿음과 순종의 행동인지, 아니면 말도 안 되는 이야기로 치부해버리는 것이 믿음을 지키는 일인지 언뜻 판단이 서지 않는 것 같았다.

"이 정오정 목사라는 분은 성경을 가지고 이렇게 생각하고 설명하는 것은 아닌 것 같은데요?"

운하가 분위기를 돌리려는 듯 말했다.

"그러면요…?"

"이분의 말대로 사실이 뭔지를 놓고 고민한 것 같아요. 저는 얼마든지 이해할 수 있습니다. 저도 꽤 많이 그랬거든요. 저는 몇 가지 궁금했던 문제들이 지금 해결되는 것을 느끼기도 했어요."

"그러세요?"

명신이 의외인 듯 눈을 크게 뜨며 바라보았다.

"부활이 인간의 부활이 아니라 그들 하나님들의 부활이었다는 얘기는 정말 머리를 치네요. 노벨상감이에요. 놀랍습니다."

명신은 지금 운하가 농담을 하는 건지 진담을 하는 건지 몰라 고개를 돌렸다.

"농담이 아닙니다. 제가 과학자라면 아마 지금 이 얘기들에 무릎을 쳤을 거예요. 지구 종말을 준비하느라 달이고 화성이고에 무슨 기지를 세울 궁리를 할 것이 아니라 모든 인류가 다 살 수 있도록 그 인생의 정체성이 되는 기억정보를 활성화시켜 다시 몸에 넣겠어요. 그러면 진짜 모든 인류가 아무리 세상 종말이 와도 전부 살 길이 있는 거죠. 사실 이 지구가 앞으로 한 50억 년은 더 살거든요. 그때쯤이면 아주 간단한 문제일 수도 있는 거지요. 지금도 미국이나 우리나라 등 전 세계적으로 다음 세대의 국가 성장동력과 국가적 연구과제로 뇌과학을 들고 있어요. 그만큼 사실 인간 뇌의 활동 메커니즘은 지금껏 밝혀진 것이 많지 않아요. 거의 없지요. 단지 활동지도 정도만 겨우 알아가고 있는 수준이지 그 안에서 그 시냅스들이 어떻게 어떤 방식으로 상호 연결되며 정보가 되어 저장이 되고 다시 재생이 되는지 인간은 아직 몰라요. 그런데 그 하나님들은 그것을 몸이 완전히 없어져도 있는 것과 똑같이 작동할 수 있도록 했다는 거 아녜요? 놀랍네요. 가능해요. 그것이 바로 영이라는 얘기도 저는 충분히 납득해요. 충분히 가능한 이야기입니다. 전자가 한 지점에서 다른 한 지점으로 가는데 직선으로만 가지 않아요. 무한대의 많은 길로 가지요. 동시에 우주 끝까지 갔다가 그 지점으로 갈 수도 있어요. 양자물리학에서는요. 박스 안의 고양이가 박스를 여는 동시에 독가스가 들어가 죽게 설계를 해놓으면 그 고양이가 죽은 건지 산 건지는 열어보기 전까진 산 것일 수도 죽은 것일 수도 있어요. 확인불가니까요. 아주 유명한 명제예요. 이것 역시 과학이지요. 사실 지금 우리 인간은 11차원 중에서 단 3차원만 알고 그 안에 갇혀서 나머지 차원은 뭔지도 모르고 살고 있거든요. 하지만 곧 우리 인간들도 그런 단계에 갈 거라고 나는 확신해요. 몸이 없어져도 그 정보만이 서로 교통하고 뭔가 만들어낼 수 있는 단계요. 지금도 과학자들은 남자의 정자와 여자의 난자가 아닌 인간의 체세포 복제로 아이를 만들어내는 정도까진 왔어요. 비록 작지만 빅뱅도 만들 수 있어요. 신의 입자라는 무에서 유가 되는 힉스입자도 찾았고요."

운하는 마치 자신의 의견인 것처럼 흥분하여 말했다. 명신은 순간 운하라는 이 젊은 변호사가 귀엽다고 느껴졌다. 사실 자기와는 아무 상관도 없는 일에 이리 바로 깊이 들어가는 모습을 보고 아이 같은 단순한 열정이 느껴졌다. 정오정 목사의 글은 계속 이어졌다. 이제 거의 끝을 가고 있었다.

[나는 기독교의 신앙체계를 거부하는 것이 아니다. 자신의 잘못된 수많은 죄를 회개하여 하나님께 용서를 받고 의인이 되는 것은 그 기억정보를 용서로 덮어씌워 새로 포맷하는 것이고, 믿음이라는 것은 그 기억정보의 시스템 자체를 완전히 다른 것으로 리셋하는 것이다. 최고로 효율적이고 어쩌면 그것이야말로 위대한 지적 발명일지도 모른다.]

순간 명신은 한숨을 쉬었다. 그녀는 이 짧은 시간에

자신의 믿음 체계가 완전히 뿌리째 흔들리고 있는 것을 느꼈다. 운하를 한번 쳐다보았다. 그는 오히려 덤덤한 듯 창밖을 보고 있었다.

"지금 이 정오정 목사라는 분은 다른 신앙을 말하는 것이 아닌데요? 누구처럼 성경이 이해가 안 된다고 대신 신학을 말하고, 믿을 수 없다고 교리를 우기고, 설명할 수 없다고 성경을 덮어버리는 것보다는 진짜 성경적이네요. 성경을 그대로 설명하잖아요? 제가 보기에 이분은 인간의 언어, 인간의 과학적 사고방식으로 뭔가를 이해하고 설명하려고 하는 것처럼 보여요. 이분도 자신이 지금 무슨 계시를 받았다거나 신으로부터 응답을 받았다거나 깨달음이 왔다고 하지 않잖아요?"

운하가 명신이 혼란스러워 하는 것이 안쓰러운 듯 말했다.

[이건 우주선이나 우주인의 얘기가 아니다. 만약 성경이 사실이라면 과학적으로 그럴 수밖에 없다는 애기다. 나는 지금부터 내가 지금 쓴 이 글의 내용대로 살아볼 것이다. 이 생각을 기본으로 살아볼 것이다. 이것으로 행복

한지 아닌지를 살아봐야겠다. 지금까지 나와 함께 동행하시며 나를 언제나 사랑하시고 인도해 주셨던 그 하나님과 성령님과의 관계가 그대로 유지되는지 더 가까이에 계실지 아니면 나를 떠나실 지를, 그리고 내가 혼자 이 온 땅에 쓸쓸히 남을지를 나는 침묵하며 시간이 흘러가는 대로 나를 지켜볼 것이다.]

정오정 목사의 얘기는 계속 이어졌다.

[이제 9년이 지났다. 세상에서 나는 완전히 사라진 사람이다. 없는 사람이 되었다. 나는 스스로 이 길을 택했다. 이것이 나의 버킷리스트였다. 나는 그것을 지금 실행하고 있는 중이다. 정말 조용히 혼자 생각해보고 싶었다. 나는 목사다. 목사였고 지금도 목사이다. 그것은 변함없는 사실이다. 진실이 알고 싶었고 그 속의 사실이 무엇인지 정말 궁금했다. 신학교에서 배운 교리가 아니라 진짜 이제의 인간들이 이해할 수 있는 사실. 그리고 나는 지금 기록한 이런 사실들을 알게 되었고 이젠 마음이 편안하다. 내가 어떤 것에 맞추어나가는 그런 불편함이 이제는

없어졌다. 자유로워진 거다. 지난 3년 동안 나는 침묵 속에 저 언덕 끝에서 나의 생각을 정리했다. 세상의 모든 일은 언제나 좋은 것과 나쁜 것이 그 안에 동시에 있다. 세상의 어떤 나쁜 일도 그 속에 있는 다른 면인 좋은 부분을 찾아서 그렇게 생각을 정리하면 그 나쁜 일도 좋은 일로 마무리가 된다. 그것을 내 머리 속에 그렇게 입력시키면 그렇게 정리가 되는 것이다. 나는 내 일생의 모든 일들을 그렇게 하나씩 정리를 했다. 합리화시킨 것이 아니라 내 삶을 아름답게 바꾼 것이다. 아름다운 삶은 자신에게 아름다운 일만 일어나서 아름다운 것이 아니다. 그것을 어떻게 조각해서 자기 자신의 생각 속에 담아두느냐는 것이다. 그것이 바로 영원히 자신이 들어가 살 집이다. 세상살이는 결국 사람과의 관계인데 사람이 본시 누구나 흙이요, 원자요, 물질의 집합체인 것을 알고 잠시 아이로, 잠시 처녀-총각으로, 잠시 아내-남편으로, 잠시 부모-형제로 있던 것을 잊지 않으면 무엇이든 아름다운 것으로 정리하기가 어렵지가 않다. 내 몸 역시 잠시 조성되었다가 사라지는 원소들의 집합체인 것을 기억하면 지금이 순간 잠시 숨 쉬다 가는 것이 그렇게 소중하다. 아름답지 않을 것이 아무 것도 없다는 얘기다. 그러나 나는 마지막까지 하나님과 나와의 관계, 즉 하나님을 나는 이제 어떻게 정리하여 마무리할 것인가가 가장 큰 숙제였다. 나와 몇 십 년을 함께 하셨고 언제나 나를 인도해 주셨고 수많은 기적과 음성을 통하여 내게 나타나 주셨던 그 하나님이 이제는 필요가 없는 것인가? 그 하나님이 실제로 이제 나와는 어떻게 관계를 해주실지가 요 몇 년 사이에 가장 중요한 문제였다. 그리고 나는 그 답도 찾았고 지금 그 속에 거하고 있다. 그것은 그분의 은혜였다. 하나님은 분명히 있다. 성경에 의하면 성령으로 있다. 그래서 성령을 받아야 하는데 그것은 받는 것이 아니고 사실은 우리 인간이 그 안으로 들어가는 것이었다. 모든 것을 사랑하는 마음을 가지면 그것은 손바닥을 뒤집는 것만큼이나 간단하다. 하나님은 사랑이니 결국 그 사랑 안으로 들어가는 것이 바로 하나님과의 관계를 이루는 것이었다. 인간이 말하는 죽음이라는 것이 바로 인간도 몸을 떠나 그 큰 사랑 안으로 들어가는 것이고 그것이 바로 쉬운 의미의 진정한 구원이요, 그것이 바로 천국이었다. 나는 지금 9년째 이 자리에 가만히 앉아서 저 바다 끝의 하늘에 구름이 움직이는 것을 보고 파도를 느낀다. 바람을 먹고 그 속의 냄새를 즐긴다. 행복하다. 이것만으로 나는 하늘의 별이 된다. 언젠가 나는 그것들을 다 한 번씩 가 볼 것이다. 설렌다. 나는 이 글을 바다 속으로 던져버리지 않을 것이다. 남길 것이다. 하지만 누군가 이 글을 읽을지는 알 수 없다.]

글은 이렇게 끝나고 있었다. 그리고 마지막 페이지 겉장엔 다음과 같이 써져 있었다.

[내일이면 내가 세상에서 없어진지 꼭 10년이 되는 날이다. 아무래도 나는 내일 몸을 떠나야 할 것 같다. 자동차에 기름이 없어지면 서는 것과 같은 이치다. 나는 지금 스스로 내 호흡을 멈출 수도 있다. 그러나 굳이 그럴 필요까진 없다. 내일이면 저절로 멈출 테니까…. 평안하고 평화롭다. 너무 아름다운 것들을 나는 많이 보았다. 내 아이들이 아기로 태어나 자라나는 모습을 보았고, 사랑하는 여인의 얼굴을 보고 몸을 만졌다. 그리고 내 자식으로 불리는 사람들을 같이 만들었다. 하늘과 별들을 이곳에서

올려 보았고, 아카시아 향기를 맡았고, 파란 지중해의 바다를 보았고, 깊은 숲속의 피톤치드를 마셨다. 이거면 나는 됐다. 나는 이제 신이 된다. 홀연히 변화하여 큰 사랑의 나라로 갈 것이다. 큰 성령 안으로 들어가서 그들과 함께 나도 부활, 곧 새 몸으로의 새 탄생을 기다릴 것이다. 이것은 나만이 아니라 모든 인간들이 누구나 다 가는 길이다. 단지 몰랐을 뿐이었다.

지금 이 글이 내일 그냥 쓰레기에 휩쓸려 버려지지 않고 누군가 언제라도 혹시 읽고 있다면, 그리고 이 마지막 페이지까지 읽었다면, 그리고 이 글의 내용을 소화할 수 없다면, 지금 이 글을 모두 태워 없애주기를 바란다. 지금 이 글의 내용은 사실 굳이 인간이 몰라도 되기 때문이다. 모두들 행복하기를….]

… 갑자기 운하는 가슴이 먹먹했다. 명신의 눈가에는 가벼운 물기가 서렸다.

바라보는 운하에게 명신이 말했다.

"엄마가 보고 싶네요. 지금…."

그러더니 명신이 일어나 주섬주섬 가방을 뒤적이며

운하에게 물었다.

"혹시 담배 피우세요?"

"…?"

바라보는 운하에게 명신이 담담히 말했다.

"라이터 있나 해서요."

운하는 주머니에서 라이터를 꺼내 명신에게 주었다. 명신이 소파에서 일어서더니 1층 정원 쪽으로 노트를 들고 내려갔다.

"태우시게요?"

"네. 저는 소화가 안 돼요."

운하는 말리지 않았다. 그리고 잠시 후 그들은 헤어졌다. 밤은 깊어져 바다에는 깊은 적막만이 가득했다. 대포항의 두 등대에서 불빛이 희미하게 나오고 있었다. 운하는 오늘의 모든 일들이 꼭 꿈같았다.

한 달 후, 운하는 외옹치 언덕길을 오르고 있었다. 그는 알 수 없는 힘에 또 끌린 듯이 설악의 바다로 왔다. 한 달 전 이곳에서 정오정 목사의 죽음을 접하고 그의 글을 읽고 난 후 그는 자신도 놀랄 정도로 변하고 있었다. 무엇보다도 자신이 종교적인 사람으로 변했음을 느꼈다. 사실 정오정 목사는 종교를 말하지 않았다. 오히려 과학적 사실을 말하려고 했었다. 그럼에도 지금 운하는 스스로 종교적이 되었다고 생각했다. 자꾸 상념에 빠져들고 자신의 과거 살아온 행적을 탐구하기 시작했다. 그리고 자신의 살을 자꾸 만져보는 버릇이 생겼다. 자신의 몸이 신기했던 것이다. 운하는 그동안 영혼 같은 것은 없다고 생각했었다. 모두 인간이 만들어낸 관념이고 허상이라고 여겼었다. 그러나 정오정 목사의 말대로라면 나라는 존재의 정체성은 그 살아온 행적이 모여 이루어지고 그 기억이 정보화되며 뇌 속에 각인될 때에 완성된다는 것이다. 그리고 그 몸인 뇌가 없어져도 그 정보는 전자기파화되어 이 지구의 중력장 안 어딘가에 존재한다는 것이고 그것을 사람들은 바로 영혼이라고 부른다는 것이다. 그리고 그것은 이 지구가 있는 동안에는 영원하여, 그 자신의 삶에 대한 기억이 저주스럽고 후회스럽고 고통스러우면 영원히 그 고통 속에서 그는 갇혀서 사는 것이고 그것이 바로 지옥이며, 반대로 그 자신의 삶에 대한 기억이 아름답고 행복하면 영원히 그 아름다운 행복 속에서 사는 것이고 그것이 바로 천국이라는 것이다. 운하는 이 말이 이해가 되고 그의 의식으로 받아들여졌다. 왜냐하면 어린 시절 그는 무당들이 접신하여 전혀 모르는 어떤 사람의 과거행적과 사건들을 일일이 다 꿰고 말하는 것을 본적이 있었기 때문이다. 그것을 역으로 말하면 그 귀신이라는 존재는 분명히 과거 자신의 정보를 알고 있었다는 얘기가 되고, 지금 정오정 목사의 말대로 하면 영혼이 바로 그 정보라 할 수 있는데 운하는 그것이 이해가 되고 차라리 막무가내로 교회 다니면 천국 간다는 것보다는 합리적이라 생각한 것이다. 단지 아직 인간은 그 정보를 마음대로 불러내고 움직일 수 있는 방법은 모르지만 분명히 그것은 인간의 뇌를 통해서 수신이 가능하고 또 인간의 뇌를 통해서만 작동이 되는 것이었다. 그것은 개념이고 감정일 수도 있는 것이었다. 그리고 언젠가는 인간도 그 기술을 확보할 수 있을 것이라는 얘기였는데, 운하는 그 말이 이해가 되었던 것이다.

운하는 지금 정오정 목사의 오두막으로 오르고 있었다. 다시 그 벤치에 앉아보고 싶었다. 그리고 정오정 목사가 10년 동안 그곳에서 했을 생각을 자신도 이제는 느껴보고 싶었다. 그는 마지막으로 평화롭다고 했다. 운하는 자신도 그 평화를 느끼고 싶었던 것이다. 외웅치의 언덕길은 한 달 전 그대로였다. 2월의 한겨울 바닷가 눈이 군데군데 덮인 언덕으로 오르는 길의 드러난 맨흙이 오후의 햇살에 조금씩 녹고 있었다. 운하는 오솔길을 올라 대나무 숲이 둘러쳐진 바닷가로 향한 정오정 목사의 옛 오두막 마당에 다다랐다. 운하는 조금은 가쁜 숨을 몰아쉬며 대나무 숲 틈새로 손을 벌려 마당으로 나갔다. 역시 갑자기 시야가 확 트이는 기쁨을 맛보며 운하는 마당 끝의 그 벤치를 먼저 확인했다. 저 마당 끝, 하늘과 바다가 맞닿아있는 절벽 바로 앞에 놓인 그 낡은 벤치는 그대로 있었다. 벤치 너머로 2월의 청청한 겨울바다의 끝이 바다 위의 하얀 구름과 함께 한눈에 들어왔다. 운하는 반가웠다. 그곳은 운하가 한 달 전 와보기 전까진 아무런 상관도 없는 장소였지만 그는 지금 이상한 평안함을 느끼는 것이었다. 운하는 숨을 크게 한번 들이켜 쉬고 천천히 마당을 가로질러 바다 쪽 벤치로 갔다. 바다의 상큼한 냄새와 섞여 겨울 대나무향이 은은히 묻어왔다. 그때 벤치 등받이 너머에 기댄 작은 어깨 하나가 눈에 들어왔다. 바다 쪽을 향해 끝없이 바다를 보고 있었다. 운하는 순간 명신일지도 모른다는 생각에 그 사람의 얼굴을 확인해 보았다. 명신이었다. 운하는 놀랐다.

"아니, 선생님이 여긴 웬일로…?"

"변호사님이세요?"

명신은 별로 놀라는 표정 없이 운하에게 고개를 돌렸다.

"놀랐습니다."

"앉으세요."

명신이 자리를 조금 옆으로 비켜주며 말했다. 그녀의 길지 않은 생머리가 바람에 날렸다. 동그란 안경이 역시 선생님처럼 잘 어울렸다. 운하도 바람에 날리는 자신의 머리칼을 손으로 넘기며 명신의 옆에 앉았다. 강한 여인의 향취가 났다.

"여긴 어쩐 일이세요?"

운하가 물었다.

"변호사님은요?"

명신이 조용히 쳐다보며 되물었다. 운하는 그녀의 안

경 너머 크고 까만 눈동자가 역시 참 맑다고 생각했다.

"그냥요…. 한 번 와보고 싶었습니다."

"저두요…."

운하가 명신을 쳐다보자 명신이 말을 이었다.

"언젠가 한 번은 오실 줄 알았어요."

"제가요?"

"네."

"기다리셨어요?"

명신은 그냥 웃었다. 갈매기 몇 마리가 그들 앞을 지나 바다로 여유롭게 날았다. 운하는 묘한 평화를 느꼈다. 어린 시절 어머니의 손을 잡고 소풍을 갈 때의 그런 느낌이 갑자기 들었다.

"어떻게 지내셨어요?"

명신이 물었다.

"저요?"

갑작스런 명신의 물음에 운하가 쑥스러운 듯 말했다.

"네."

"저야 뭐… 하는 일이 맨 그렇지요. 별로 재미없었어요. 매일 사람들 싸우는 것만 보고 사는데요. 일이 그래

116

요. 그래도 선생님은 저하고는 정반대겠네요. 어린아이들에겐 희망이 있잖아요?"

"변호사님도 약자를 보호하고 정의를 지키는 뭐 그런 거 있잖아요?"

명신이 웃었다.

"정의요? 하하하…."

운하는 바다를 바라보며 크게 웃었다. 그리고 말을 이었다.

"저는 사실 그 정오정 목사님의 영향이 좀 컸나 봐요. 그 이후로는 항상 그분의 글들이 머릿속을 맴돌고 있어요. 사실 꽤 충격이었거든요."

명신이 눈을 반짝이며 운하를 올려 보았다. 운하는 계속 말을 했다.

"사람의 영혼이나 귀신이 있다면 그것들은 자신을 기억하고 있어야 해요. 그래야 의미가 있는 것이지 자신이라는 정체성이 없이 어찌 의미가 있겠어요? 그렇다면 그 자신의 정체성은 결국 그가 살았던 기억이고 그것은 역시 정보라고 밖에 말할 수 없어요. 그냥 멍한 에너지 같은 존재만으론 부족해요. 아무 의미도 없고.

그냥 영원히 멍 때리고 있는 것이라면 그것 또한 다른 지옥일 수 있어요. 저는 종교에 대해 잘은 모르지만 제 생각은 그래요. 그건 정오정 목사님의 말이 옳다고 생각해요. 몸과 뇌는 없어져도 그 자신이 살았던 기억 정보가 남아 영원한 거라면 그 상태가 바로 천국과 지옥이라는 것도 맞아요. 더 업그레이드가 안 되는 정보지요. 그래서 제 생각에는 누구나 살면서 나쁜 기억을 잊고 좋은 기억만 남기는 것이 아니라 정 목사님의 말대로 그 기억들을 관리해야 하는 거예요. 모든 기억들을 좋게 정리해서 마무리를 하고 그렇게 좋게 기억해둬야 하는 거지요. 그것이 죽을 준비라고 저는 생각을 했어요. 또 그것이 바로 천국과 지옥을 결정짓는 거예요. 영원히 자신이 들어가 사는 곳이고요. 그리고 그 생각의 모범답안이 바로 성경인 거였어요. 불경일 수도, 코란일 수도 있는 거지요. 아주 쉬운 방법이죠. 간단하기도 하고요. 믿음이라는 것으로 그 모범답안의 배에 쉽게 올라타고 같이 흘러가는 거예요."

"변호사님이 한 달 동안에 많이 변하셨네요? 꼭 목사님 같으셔요. 그 정오정 목사님의 제자가 되신 것 같기도 하시네요?"

"그러게요. 제가 그날 왜 여길 와서 이리 머리 복잡해지는지를 모르겠어요. 그런데 보니까 정오정 목사님이 똑같은 성경을 사람의 언어, 사람의 과학이라는 언어로 설명을 했네요."

"그러다가 모든 일의 사실을 알게 된 거고요."

"그런데 그분은 우연히 그리된 것이 아니라 자신이 모든 것을 다 버리고 그것을 알기 위해 10년을 이 자리에서 생각을 한 거 아네요?"

"그러네요."

명신이 고개를 끄덕였다.

"제가 납득당한 것뿐이죠. 사실은."

"나쁜 일은 아니잖아요?"

"그런가요? 요샌 제가 뭐에 꼭 홀린 거 같다니까요?"

"뭐에요?"

"그날 이후론 매일 이런 생각만 하게 되요."

"그 정오정 목사님이란 분이 크긴 크신 분인가 보네요."

"글쎄요."

운하는 명신을 빤히 쳐다보았다. 명신이 그의 눈을 피하지 않고 웃었다. 그리고 먼 바다를 향해 고개를 돌리며 차분히 말했다.

"저도 그 짧은 시간에 많은 신앙의 영향을 받은 것 같아요. 저도 머릿속에서 그분 글들을 지울 수가 없어요. 사실 그 얘기들은 교회 안에서는 해서는 안 될 얘기들이에요. 마귀의 소리거나 이단의 소리라 할 수가 있지요."

"이단이요?"

"네. 하나님의 존귀함과 신비함을 깬 얘기일 수도 있거든요."

"무슨 말씀을? 그건 합리적인 거지요."

"그렇지만 그 목사님의 글들도 과학적으로 증명할 수는 없는 거잖아요? 하나의 아이디어일 수는 있지만요"

"저는 그 아이디어가 오히려 가장 과학적이고 합리적으로 보이는데요? 그것은 인간의 과학으로 언젠가는 증명할 수 있는 아이디어예요. 오히려 과학적 제안에 가까워요. 몽상이나 허상이 아니지요. 지금까지의 모든

120

과학적 정보들로 조합해 답을 내보면 그렇다는 거예요."

"변호사님같이 신앙이 없으신 분들은 그럴 수도 있겠군요."

"아니요. 오히려 더 성경적이지 않나요? 성경에도 자신의 마음속에 하늘나라가 있다고 했고, 누구나 자신이 행한 그대로 천국과 지옥으로 보응을 받는다고 하지 않았나요? 죽은 다음에 그 영혼이 천국이라는 곳과 지옥이라는 곳으로 간다는 것이야말로 미신이에요. 과학으로는 절대 설명이 안 되는. 그러나 정 목사님의 말은 과학으로 설명이 되요. 사람의 뇌가 만들어낸 모든 기억된 정보들은 전자기파화 되어 뇌가 없어져도 어딘가에 있을 수 있어요. 사실 우리 인간의 뇌는 전기적 방식으로 각 뇌세포들의 축삭들이 무한대의 수로 작동되고 있거든요. 지구의 중력장 안에서요. 그것이 과학이지요. 실제로 죽은 사람들의 기억들이 무속인이나 영매를 통해서 재생되는 일들은 많아요. 짐승의 뇌나 녹음기에 걸리지 않고 오직 인간의 뇌에만 생각이라는 이름으로 마치 바이러스처럼 작동하는 거지요. 가끔 인간의 과학기기에 우연히 걸리는 경우가 실제로 종종 있어요. 정오정 목사님의 얘기는 과학적으로 맞는 말이에요. 저는 그렇게 생각해요."

"변호사님은 한 달 동안에 마치 그 분야의 전문가가 되신 것 같네요?"

명신이 멋쩍게 웃었다.

"아뇨. 사실은 애들도 오히려 더 이해할 수 있는 내용이에요, 그것이. 제 생각에는 그렇다는 거예요…."

운하도 자신이 너무 열심히 쓸데없는 애길 한 것 같아 말끝을 흐리며 명신을 보고 멋쩍게 웃으며 말을 이었다.

"저는 이런 교회라면 다닐 거예요."

명신은 운하의 뜻밖의 말에 눈을 동그랗게 떴다.

"변호사님은 많이 변하셨네요. 정말… 저도 사실은 그날 이후로 많이 변했어요."

명신은 누군가에게 자신의 믿음의 변화를 말하고 지금의 당혹감을 이해받고 싶었다. 지금의 이 상황은 명신에겐 거의 모험에 가까운 경험이었다. 지금까지 자신을 이끌어 왔던 삶과 신앙체계를 송두리째 바꿔야할 지도 모를 일이었다. 명신은 두려웠던 것이다.

"네? 선생님도요?"

"네."

"선생님은 영원히 착한 주일학교 선생님이실 것 같은데…."

"그러게요. 하지만 저도 그날 이후로 제 머리 속에서 그 목사님의 글들이 떠나질 않아요. 그동안 막연히 궁금하고 이상했던 것들이 많이 해결되는 느낌이었거든요…."

"정말요?"

"네. 왜 우린 그런 생각을 못했을까 하고 이상할 정도였어요."

운하는 의아한 표정으로 명신을 보았다.

"하나님이 그들의 모양과 형상대로 사람을 만들었다는 성경이야기를 사람이 하나님을 닮아 영적인 존재라고만 생각을 했지, 하나님의 원래 모습이 사람처럼 물질로 존재했다가 지금처럼 영적인 존재로 변한 것이라고는 왜 어느 누구도 생각을 못했을까요? 저는 그게 정말 이상했는데 이제 정오정 목사님의 글을 통해 그 답을 얻었어요."

"네에?"

"그리고 성경에는 일관되게 사람의 본분은 하나님을
섬기고, 하나님께는 절대 순종하고, 하나님을 경외하
고, 하나님을 찬양하고, 하나님을 사랑하고, 온몸을 하
나님의 성전으로 드려 내놔야 하는 것이 절대적인 존재
이유예요. 교회에서 아이들에게 가르치다 보면 아이들
이 제일 의아해하는 것 중에 하나가 하나님은 그래서
사랑이 아니고 사람을 억압하고 소유하려고 하는 무섭
고 잔인한 존재라는 거지요. 저도 어느 때는 그것이 의
아한 적이 있었고 아이들에겐 그 답을 분명히 주지 못
했지요. 정오정 목사님도 평생을 그 문제에 어려움을
느꼈을 거예요. 하지만 그분의 글에 정말 그 답이 있네
요. 사실 성경을 보면 하나님도, 마귀도, 귀신들도 모두
사람의 몸을 원해요. 몸은 곧 뇌고, 뇌는 생각이에요.
그 속에 들어오려고 하죠. 그래서 우리는 생각을 지켜
야 해요. 생각을 강탈당해서는 안 돼요. 정 목사님 글에
있는 대로 하나님들과 그들이 처음에는 지금 사람과 같
은 모습이었으나 어떤 이유에선지 그 몸이 없어졌고 그

래서 그들은 그들과 같은 모양과 형상대로 사람을 만들었다면 모든 의문점들이 없어져요. 사람은 곧 그들의 부활이었던 거죠. 성경에 보면 사람과 세상을 만든 것은 하나님들이었고, 사람에게 호흡을 불어넣은 것은 그들 중 한 하나님이었어요. 그리고 사람이 에덴에서 쫓겨난 죄가 된 것은 성경에 보면 사실 불순종이 아니라 사람이 그들과 같은 하나님이 되어서지요. 그래서 모든 사람은 처음부터 다 하나님이었던 거예요. 신인 것이지요. 그래서 사람이 된 거고요. 그리고 옷을 벗은 것을 알고 나뭇잎으로 부끄러운 것을 가렸어요. 그게 사람이 하나님이 되어 제일 먼저 한 것이에요. 개념을 가지게 된 것이지요. 오직 인간만이 모든 짐승들 중에서 유일하게 부끄러워 옷을 입어요. 그리고 사람을 하나님이 되게 했던 그 하나님은 제일 높은 분에게 그 이유로 사람들 중에서 야곱의 후손들만 가지게 되었어요. ⟨** "지극히 높으신 자가 민족들에게 기업을 주실 때에, 인종을 나누실 때에 이스라엘 자손의 수효대로 백성들의 경계를 정하셨도다 여호와의 분깃은 자기 백성이라 야곱은 그가 택하신 기업이로다"(신명기 32장 8절-9절) **⟩ 그래서 그의 친아들의 영이 사람의 모습인 예수로 와서 대신 죽었어요. 예수는 한 번도 자신의 입으로 사람을 위해서 대신 죽는다고 안했어요. 항상 아버지를 위해서 죽는다고 했어요. ⟨** "지금 내 마음이 괴로우니 무슨 말을 하리요 아버지여 나를 구원하여 이때를 면하게 하여 주옵소서 그러나 내가 이를 위하여 이때에 왔나이다 아버지여, 아버지의 이름을 영광스럽게 하옵소서 하시니 이에 하늘에서 소리가 나서 이르되 내가 이미 영광스럽게 하였고 또다시 영광스럽게 하리라 하시니···. 내가 땅에서 들리면 모든 사람을 내게로 이끌겠노라"(요한복음 12장 27절-32절) **⟩ 그리고 그 아들은 그 희생의 대가로 모든 인류를 자신이 얻었다고 했어요. 그런데 하나님이 사람을 하나님이 되게 한 것은 사람을 사랑한 것이에요. 아무 의미 없는 짐승처럼 몸뚱이만이 아니라 그 몸에 하나님과 같은 영을 넣은 것이에요. 창조물인 인간을 너무 사랑했기 때문에 그렇게 했어요. 하나님들처럼 영이 되게 한 것이지요. 그것은 바로 뇌의 활동이고 그 정체성을 가질 수 있는 기억과 그 개념들이에요. 그것을 정오정 목사님의 말대로라면 지금 교회에서 말하는 영인 거예요. 그런데 사실 지금 이런 얘기들을 인간이 말하고 이해할 수 있는 것도 이제 겨우 요 몇 년

126

사이에 일어난 과학의 발전 때문이에요. 그리고 지금도 사실 인간의 뇌에 대해선 아직 너무 몰라요. 지금 온 세계의 과학자들이나 지도자들이 인류 마지막의 최대 연구프로젝트로 뇌 연구를 꼽고 있어요. 그리고 그렇게 따지면 성경의 하나님이 만든 사람은 아담 하나만을 이야기하는 것이 아니에요. 성경에 처음 만든 사람은 첫 인간종이고요 호흡을 불어넣은 사람은 지금의 사람인 크로마뇽인이 되는 거고 선악과를 먹은 사람은 인류가 문화를 만든 때 인 것이지요. 지금부터 3,500년 전, 2,000년 전의 인간이 이해할 수 있는 과학과 그 생각과 말의 최대치가 지금의 그 성경인거예요."

"그럼 성경에 써진 휴거와 인간의 육체적 부활은 뭐라고 생각해요?"

"이 세상을 다시 처음부터 만드는 거지요. 지금까지의 모든 판을 그들이 다 처음부터 다시 시작하는 거예요. 오직 우리 인간을 그들의 일원으로 받아들이고 그들처럼 우리가 말하는 하나님들의 일원으로 받아들이기 위해서요. 그들로선 엄청난 손해고 희생이고 당혹스런 일일 거예요. 오직 우리를 사랑한 그 하나님의 인간

사랑 때문에 그들은 그리된 거예요. 그들로선 그 하나님의 아들이 대신 죽을 만큼의 충분한 이유가 되지요. 다시 처음부터 시작해야만 했으니까요. 성경에 보면 새 하늘과 새 땅이 오기 직전에 엄청난 환란이 이 지구상에 오고, 현존하는 인간은 거의 멸종 수준의 죽음을 당해요. 마치 옛적 공룡들이나 네안데르탈인처럼 사라지는 거지요. 그 후엔 또 다른 인간종이 나타나겠지요. 그리고 현존 인간들이 부활이에요. 그것이 바로 성경의 새 하늘과 새 땅이었던 거예요. 그 덕분에 그들이 자신들의 육체를 갖는 부활을 이룰 때에 우리 인간도 그들처럼 육체의 부활에 동참하게 되는 거지요. 그것이 바로 인간의 육체적 부활이라고 저는 생각해요. 바로 그때까지의 기다림이 신학에서 중간지대라 부르는 음부나 연옥이나 림보나 뭐 그런 거고요. 사람이 죽어서 기억정보로 이 지구장 안에 자신만의 천국과 지옥에 있다가 다시 육체를 얻는 거예요. 그렇게 보면 모든 인간의 죽음 그 자체가 바로 성경에서 말하는 휴거인거죠. 모든 인간은 죽음으로 휴거하는 거예요. 아니, 성경대로라면 사랑의 성령 안에 들어간 자들만 하나님들의 부활시 다 같이 모든 육체로 인간도 부활하는 거고요."

운하는 마치 봇물이 터진 듯이 거침없이 말하는 명신을 보며 놀라움을 금치 못했다. 교회를 잘 알지 못하는 자신이기도 했지만 지금 명신이 말하는 얘기들은 전혀 신앙이 없는 운하 자신이 듣기에도 가슴이 떨리는 수준이었다. 명신도 한 달 전의 모습과는 완전히 달라진 것이었다.

"선생님도 한 달 만에 많이 변하셨는데요?"

명신이 아이처럼 티 없이 웃었다.

"그 정오정 목사님의 글이 나도 모르게 저를 깊이 바꾸고 있어요. 지금은 진짜 하나님의 은혜를 이해해요. 정말 영생이 뭔지도 이해를 하고요. 왜 그리 부활이 중요한지도 알고요. 지금 이 순간 이 몸 안에 살고 있는 내가 얼마나 행복하고 신비로운 존재이고 상황이고 아름다운 때인지를 이해하게 되었어요. 진정한 감사지요. 저는 지금 그것만으로도 행복해졌어요. 너무 많이요. 저 바다를 지금 내 눈동자로 인식하여 볼 수 있고 아름다움을 느낄 수 있다는 것이 너무도 신비롭고 행복해졌어요. 변호사님도 느껴보세요. 얼마나 지금 이 순간이 행복한지. 천국은 바로 지금 이 순간이었어요. 모든 것들의 마지막 행복과 꿈의 끝이 바로 지금 이 몸에 내가 거하는 이 순간이에요. 지금 이 순간이 바로 모든 행복의 끝이었던 거예요. 내가 존재한다는 것 만으로요. 지금 이 순간이 바로 천국이고 모두의 꿈인 부활이었던 거예요."

명신은 정말 감격에 찬 표정으로 말했다. 그녀의 눈가가 감동과 행복에 촉촉해져 있는 듯했다. 운하는 그녀가 사랑스러워졌다. 매일 이혼하고, 싸우고, 죽이고, 감옥가고, 수갑 차고, 미워하고, 사기 치고, 얽히고설키는 수많은 하루하루를 옆에서 지켜보던 김운하 변호사는 지금 명신의 말에 정말 숨이 터지는 것을 느꼈다. 그 행복과 감동이 자신에게도 전달되어 왔다. 명신은 말을 이었다.

"그리고 진짜 중요한 것은, 하나님은 지금 없어요. 그런데 있어요. 그들은 분명히 이 우주 밖에 있던 존재들이에요. 그런데 여기에 있어요. 바로 성령으로요. 성령은 사랑이라고 했어요. 사랑이 바로 이 온 우주와 모든 차원을 넘나들 수 있는 통로였던 거예요. 성경이 사실

130

이라면요. 그 안에서는 비로소 '따로 또 같이'가 가능해요. 그것이 뭔지는 몰라도 모든 기억 정보끼리도 의사소통이 그 안에서는 가능한 거예요. 성령 안에서요. 다시 말하면 사랑 안에서요. 성령은 오는 것이 아니라 사실은 우리가 올라타는 거였어요. 마치 큰 우주선에 올라타는 것처럼요. 그것은 항상 우리 옆에 있었어요. 처음부터요. 그것이 바로 사랑이었고 하나님이었던 거예요. 모든 것을 넘나들고 모든 것을 가능하게 해주는 것이에요. 그 개념이 바로 하나님이 되는 열쇠였던 거예요. 일반적인 이타심과는 다른 특별한 정보예요. 원소들만이 있는 이 물질계에 무슨 개념이 있겠어요? 하지만 많은 우주인들이 지구 밖에서 사랑과 신의 존재를 만나고 느꼈다고 했어요. 언젠가는 이 하늘이 두루마리처럼 말려 없어지고 새 하늘과 새 땅이 하늘에서 내려온다고 했어요. 그때가 진정으로 모두가 육체를 가지고 하나님들과 천사들을 전부 보고 같이 산다고 했어요. 성경에 그렇게 써져있어요. ⟨** "내가 들으니 보좌에서 큰 음성이 나서 이르되 보라 하나님의 장막이 사람들과 함께 있으매 하나님이 그들과 함께 계시리니 그들은 하나님의 백성이 되고 하나님은 친히 그들과 함께 계셔서 모든 눈물을 그 눈에서 닦아 주시니 다시는 사망이 없고 애통하는 것이나 곡하는 것이나 아픈 것이 다시 있지 아니하리니 처음 것들이 다 지나갔음이러라 보좌에 앉으신 이가 이르시되 보라 내가 만물을 새롭게 하노라 하시고"(요한계시록 21장 3절-5절) **) 그런데 지금 이 순간이 바로 그 순간이었어요. 알고 보니까요. 정오정 목사님의 글에서 저는 진짜 자유를 느꼈어요. 진정한 평화와 행복도요."

"저도 사실은 정오정 목사님이 마지막으로 느꼈다는 그 평화를 느껴보고 싶어서 오늘 이곳에 왔어요. 그런데 선생님에게 지금 그 답을 얻은 것 같군요. 맞아요. 그럴 수 있겠어요. 사실 그런 얘기들을 정말 듣고 싶었어요. 교회에서요. 하지만 어느 곳에서도 듣지 못했죠. 그래서 저는 교회를 떠났던 거예요. 비록 어린 시절이었지만요. 하지만 그 질문들은 어른이 된 지금도 나를 교회에 가지 못하게 막았지요."

운하는 평안히 웃었다.

"하나님은 참 신비로운 존재예요. 그러나 그분은 분명히 있어요. 인간은 그분의 존재를 설명하지 못했어요. 하지만 이제 얼마 전부터 인간은 조금씩 그 실체를 느끼고 사실적으로 설명이 가능해지고 있어요. 인간도 지금은 체세포만으로도 생명을 복제해낼 수 있고 줄기세포로 간만 따로 만들어요. 마치 공장처럼요."

명신이 말했다.

"맞습니다. 모든 새로운 과학은 누군가 새로운 과학적 아이디어의 새로운 제안으로 이루어졌어요. 그런 면에서 지금 정오정 목사님의 제안은 종교적으로나 과학적으로도 아주 파격적인 제안이에요. 저는 전폭적으로 지지합니다."

이미 운하는 정오정 목사의 추종자가 된 듯 말했다.

"맞아요. 정오정 목사님은 그 글의 내용이 하나님의 계시라든가 하나님으로부터의 가르침이 아니라고 분명히 말했어요."

명신도 동의를 하며 말을 이었다.

"과학은 모든 것의 실체를 밝히는 일이지요. 그것은 증명된 사실이어야 해요. 그런데 성경이 만약 사실이면 성경도 역시 그래야 하죠. 성경과 과학은 서로 다른 영역이 아니었어요. 미처 인간이 둘을 동시에 설명을 다하지 못했을 뿐이지요. 진화론과 창조론도 다른 대척점에 있지 않았어요. 둘 다 맞는다면 하나님이 그 방법으로 만들었다고 하면 그만인 거죠. 간단한 걸 지금까지 교회나 세상이나 서로 도그마에 빠져 사실을 놓쳤던 거예요. 에덴에서 사람이 나올 때 여자가 해산의 고통을 얻었지요. 그것은 바로 인간의 완전 직립보행을 의미하지요. 직립보행을 하면서 골반이 좁아져 해산의 고통이 생긴 거니까요. 그때부터 진짜 인간이 된 거고 동시에 인간은 신이 된 거지요."

"신기하지 않아요? 하나의 수정란으로부터 그 속에 저장된 유전자의 정보대로 때에 맞춰 그 세포들이 발현해 가면서 지금의 내 몸이 되었고 여기까지 살아오면서 여러 일들을 겪어 나라는 사람이 되었죠. 지금의 모든 사람은 아프리카의 한 여자로부터 나온 거고요. 오늘은 선생님과 저 우리 두 사람이, 영원의 세월 속에서 원자 분자 덩어리가 요맘때쯤 인간이 되어 인간으로 만나 서로 신을 이야기를 하며 바다를 보고 있지요."

운하가 정말 신기한 듯 웃었다.

"그렇게 즐거우세요?"

명신도 그 말에 느낌이 새로운 듯 조금은 유쾌하게

말했다.

"네. 저도 행복해요. 아까 선생님 얘기대로 저 바다도, 제 몸도, 이 순간도, 선생님도 모두가 신기하고 행복해요."

운하가 다시 바다를 보며 말했다.

"언젠가 이 벤치에 제가 혼자 앉아 있는데 정오정 목사님이 오셔서 커피를 한 잔 주신 적이 있었어요. 그리곤 뜬금없이 '기독교'란 단어는 '그리스도교'의 중국어 발음을 그대로 쓴 한자어라는 거예요. '지도우짜우'를 한자로 '基督敎'로 중국인들이 썼는데 우리 한국개신교회만 그것을 그대로 아무 의미 없는 한글로 '기독교'로 쓰고는 독특한 기복신앙, 샤머니즘적 기적신앙, 성직자의 신격화 등으로 발전시켜 '기독교'를 한국개신교회의 특이한 부정적 이미지로 만들었다는 거예요. 그리고는 또 성경을 보면 베드로와 사도 요한이 극렬한 라이벌 관계였다는 거예요. 예수가 죽고 마침 예수를 배신하고 방황하던 베드로가 역시 예수를 한 번도 본적이 없다가 예수를 믿고 사도로 인정받지 못하고 방황하던 바울과 짝을 이루고 요한 등의 다른 제자들은 전부 아시아 등으로 갔고, 성경 신약 27권 중 13권을 쓴 바울이 만든 바울 철학이 바로 현재 기독교회의 복음주의 신학이 되었다는 거예요. 틀린 것은 아니고 인류에 유익하긴 하지만 그것을 정치에 유용하려던 로마가 예루살렘의 베드로 바울 신학을 그대로 로마에 차용해 와서 지금의 성경 66권을 정하고 베드로 교회, 바울 교회를 로마에 지었다는 거예요. 사도 요한은 터키의 이스탄불에서 정교회의 시작이 되었고요. 사도 요한과 바울의 신학은 그 기조가 좀 달라요. 공관복음이라는 마태, 마가, 누가복음의 마가, 누가 역시 예수의 직접 제자가 아닌 베드로 바울의 직접적인 추종자들이었고요. 마태의 글을 마가, 누가가 조금씩 덧붙였다는 거예요. 저는 느닷없는 정오정 목사님의 그 말에 참 이상한 아저씨다 하고 그땐 흘려들었지요."

명신이 지난 일을 돌이켜 보는 듯 조용히 말했다.

"그럼, 지금 교회에서 쓰는 성경도 다 하나의 사조라는 거예요? '절대 진리'가 아닌?"

운하가 조금은 당황한 표정으로 말했다.

"저는 요 몇 달 동안 많이 흔들리고 있어요."

명신의 말에 운하가 심각한 표정으로 바라보았다.

"머릿속에서 정오정 목사님의 그 글들이 떠나지를 않아요. 지금까지 내가 가지고 있던 신앙관이 뿌리째 흔들리고 있어요. 그리고 사실은 그 목사님의 견해에 그동안의 마음속에 있던 궁금증들이 거의 다 해결되는 느낌이에요. 한편으론 당황되고 두렵기도 하고요."

명신이 진지하게 말했다.

"저도 사실은 같은 느낌으로 지난 한 달을 보냈어요. 그리고 정오정 목사님의 견해에 저는 지금 동의하고 있어요. 사실이 그런 것이라면 그것을 받아들여야 할 도리밖엔 없다고도 여겨요. 지금 저는 사실 그러고 있고요. 그리고 조금은 그 목사님이 마지막에 느꼈다는 그 평화를 조금은 지금 저도 느끼고 있어요."

운하가 명신의 얼굴을 똑바로 쳐다보면서 말을 이었다.

"결론은 자기의 뇌 속에 기억되어 있는 모든 정보예요. 그것을 잘 관리하는 거였어요. 나쁜 기억은 망각하고 좋은 것만 남겨놓는 것이 아니고 모든 기억을 좋게 바꿔서 입력시키는 거예요. 절대로 기억은 없어지지 않아요. 그건 긍정적인 생각인거죠. 그러면 그 상태로 영

원히 있는 거예요. 그것이 바로 천국이고 지옥이었어
요. 심판이고요."

"그럼 결국 사람이 사는 이유는 좋은 '추억 만들기'네
요?"

"맞아요. 모든 사람들의 살아온 모든 행적은 결국 '추
억'이라는 다른 단어로도 표현할 수 있겠네요. 누구나
영원히 그 추억 속에서 사는 거지요."

"추억 만들기요….."

명신이 음미하듯 조용히 말했다.

"그렇게 보면 평생의 모든 행적이 다 곧 추억인데,
어떤 사람들은 과거의 화려했던 시절을 잃고 그 시절을
회상하며 그 실패의 아픔을 저주로 받아들여 자신이 이
미 만들어 놓은 멋지고 아름다운 천국을 그것을 잃었다
는 원망과 후회라는 흉기로 스스로 다 부수고 있어요.
정말 어리석은 짓이죠. 그럴 필요 없어요. 모든 추억은
이미 다 천국과 지옥으로 지어져 있어요. 이미 지어놓
은 천국을 부숴서는 안 되지요. 과거의 아름다운 추억
은 그것으로 이미 천국이에요. 절대로 감사해야 해요.
모든 것을요. 스스로 부숴서는 절대 안 되요."

"그렇게 보면 세상엔 실패도 성공도 없는 거예요. 이런 사실들만 알면 단지 이렇게도 살아보고 저렇게도 살아 본 거지요. 그것만으로도 얼마나 행복하고 신비로워요? 긍정적이고 아름다운 생각이 열쇠였네요."

"아뇨. 이 정오정 목사님의 '사실'을 아는 것이 먼저겠지요. 그리고 또 그 모든 아픔을 덮어씌우는 것이 회개와 용서라는 믿음이기도 하고요. 또한 더 큰 그들의 세상과 만나는 것이 바로 큰 사랑 안에 들어가는 거였어요."

마치 운하는 자신이 이미 모든 깨달음을 다 얻은 것처럼 평화롭게 말하고 있었다. 명신은 그런 운하를 그윽이 바라보았다. 마치 오랜 영혼의 교감자처럼 두 사람은 느꼈다.

"저도 그렇게 생각했어요. 무엇보다도 우리 인간을 그들이 같은 그들의 하나로 받아준 것이 은혜고 그것을 위해 그들 중 한 하나님이 자기 아들을 대신 죽이고 우리 인간을 살린 것이지요. 그래서 예수가 위대한 것이에요. 그 아들의 영이 인간의 육체로 왔으니까요. 2,000년 전에, 3,500년 전에 어떻게 이런 얘기를 인간에게 설명하겠어요? 하나님의 모양과 형상대로 인간을 만들었다는 얘기가 인간을 그 품성대로 만들었다는 얘기뿐만이 아니라 그들이 바로 원래는 우리 인간이었다는 거였어요. 그러나 지금 그들은 육체는 없어진 거예요. 그들은 분명히 있어요. 그들을 뭐라고 불러도 사실 상관없어요. 이 온 우주를 만들었고 우리 인간들을 만들었고 삶과 죽음, 물질과 비물질 사이를 마음대로 오간다면 그들을 뭐라고 부르든, 인간의 언어로 신이라 하든 아니면 뭐라 부르든 중요치 않아요. 그것만으로 우리 인간으로는 상상도 못할 수준의 존재들이니까요. 성경에보면 그들은 사회도 있었고, 그들 사이에 반역도 있었고, 그들 사이엔 그들의 지도자도 있었고, 그들 사이의 계급도 있었고, 그들의 군대도 있었고…. 이제 인간들도 요즘의 아바타나 매트릭스나 스타워즈, 슈퍼맨 등의 영화를 보면 조금씩 그런 사실들을 느끼고 있어요. 단지 그 감독들이 종교인이 아니라서 또 그 파급력이 워낙 커서 정곡을 말하지 않는 것뿐이지요. 하지만 정오정 목사님은 말했네요. 그리고 그 뒷감당을 자신의 죽음으로 덮었어요. 성경이 사실이라면 그래야하고 성경을 믿는다면 그것을 믿는다는 의미이니까요. 저도 만약 성경을 그대로 믿고 지금까지 인간들이 알아낸 과학을 인정한다면 저 역시 정오정 목사님처럼 생각을 안 할 수가 없어요. 저는 그것을 받아들였어요."

명신은 웃었다. 멀리 바다 중간쯤에서 하나씩 오징어 잡이 배들의 불이 환하게 켜졌다.

"하지만 아직 인간들이 알지 못하는 곳이 하나 있어 요. 바로 인간의 뇌죠. 영혼이라고 부르는 것의 발견이 에요. 정오정 목사님은 귀신과 하나님과의 만남을 통해 그것이 기억된 정보라고 했어요. 자신의 정체성을 잃어 버리지 않은 정보요. 아직 인간은 그것과의 소통방법을 모르고 있을 뿐이죠. 지금 모든 국가들이 다음의 국가 적 사업으로 연구에 박차를 가하고 있는 분야가 선생님 말대로 바로 그 인간의 뇌 연구예요. 거기엔 그런 의미 가 있는 거죠. 그런데 정오정 목사님이 그 정곡을 말했 네요. 우리 두 사람은 그것을 읽었고, 이젠 우리 둘이 그 사실들을 알고 있는 거네요?"

운하가 말했다.

"그리고 우린 그것을 다 태워버렸고요."

명신이 바다를 보며 말했다.

두 사람은 아무 말 없이 하나씩 밤바다의 배들이 불을 켜는 것을 바라보았다. 겨울의 끝자락 바람이 제법 쌀쌀해졌다.

"최명신 선생님이라 하셨지요?"

운하가 뜬금없이 말했다.

"네."

운하는 잠시 생각에 잠긴 듯 조용히 입을 열었다.

"최 선생님. 사실은 저 그 정오정 목사님의 글들을 다 외우고 있어요. 토씨 하나도 안 틀리게 다 다시 쓸 수 있어요."

운하는 웃었다.

"전 변호사잖아요? 더 두꺼운 법전도 외워요. 뭐든지 외우는 건 자신 있어요. 제가 그걸 다시 써야겠어요. 누군가는 읽어볼 필요가 있을 것 같아요. 우리 말고 단 한 사람이라도…. 전 지금 아주 평화롭거든요. 사랑과 기쁨과 신비로움이 가득해요. 죽음에 대한 공포도 없어졌고요. 저는 진짜 영생을 느껴요. 지금."

"저두요…."

명신이 운하를 바라보며 조용히 말했다.

"제가 12살 때 부모님이 이혼하시고 저는 지금까지 줄곧 할아버지, 할머니 손에서 자랐죠. 저는 길지 않은 평생을 항상 행복해지고 싶었어요. 그러나 그러지 못했죠. 지금 여기까지가 저의 결론이었어요. 이 모습이요."

운하는 마치 꿈꾸듯이 말하며 자신이 이제 본 지 한 달, 그것도 단 두 번 보는 여자에게 왜 이런 말을 할까 했다.

"이 모습이 어때서요? 모두가 선망하는 변호사님이시잖아요?"

명신이 조용하게 말했다. 마치 명신은 어떤 상황에서도 큰 파도가 일지 않는 깊은 산 속의 호수 같은 여자처럼 보였다.

"피곤해요. 사는 것이요. 적어도 지금까지는 그랬지요. 평생을 행복과 성공을 찾아왔어요. 저를 버린 부모님께 그렇게 복수하고 싶었죠. 당신들이 날 헌신짝처럼 버렸어도 난 이렇게 성공하고 행복하게 잘 산다고 보란 듯이 보여주고 싶었죠."

운하가 말했다.

"…"

명신이 물끄러미 운하를 보았다.

"그러나 저는 아무 것도 찾지 못했고 더 이상 아무 것도 행복하지 않았어요. 제 인생에도 여지없이 엔트로피의 법칙이 작용한 거죠. 무질서와 복잡성만이 더해 왔어요. 모두 쓸데없는…. 하지만 정오정 목사님의 그 짧은 글이 제 인생을 바꾸네요. 저는 지금 행복해졌거든요. 제가 있는 것만으로요. 자신들의 유전자를 합쳐서 저를 이렇게 있게 만들어 주신 부모님께 이젠 무한히 감사하게 되었어요. 그것이야말로 진짜 행운이고 신비로운 행복이었다는 것을요. 선물이었고요. 더 이상 아무 것도 필요 없는…. 그리고 다시 저를 보니까 제 부모님은 각자 더 나은 삶을 찾았고 저는 덕분에 결과적으로 제 삶을 흩트리지 않고 여기까지 왔어요. 다 잘된 거였어요."

"다행이네요. 저는 그 반대로 오히려 제 삶에 너무 아무 일도 일어나지 않아서 저는 항상 무료하고 오히려 불안했어요. 이대로 그냥 죽는 건 아닌가? 그러면 진짜 아무 것도 아닌 무의미한 삶은 아닌가? 부모님도 모두

144

선생님이세요. 저 역시 선생님이 되었고요. 제 삶은 전부 교과서 그대로예요. 무미건조했죠. 아마 아무도 제가 이런 생각을 하고 있었는지 모를 거예요. 하지만 지금은 저 역시 저의 삶이 너무 멋진 것을 알게 되었지요. 돌이켜보니 최고로 복 받은 인생이었어요. 저도 모든 기억을 이제 리셋 했어요. 행복해졌어요. 아무 것도 더 필요하지 않는… 제 기억에 조금이라도 불안한 부분을 가진 채로 영원히 있고 싶진 않았거든요."

명신도 자신의 속마음을 털어놓았다.

"그런데 만약에… 만약에 말입니다. 아무리, 아무리 생각해봐도 자신의 삶이 아름답지도 행복하지도 않다면 어떻게 하죠? 그런 구석이 평생에 조금도 없다면요? 저는 변호사로 있으면서 그런 삶을 많이 보았어요."

운하가 조심스럽게 물었다.

"아녜요. 그런 삶은 없어요. 아무리 그렇게 보여도 그 안엔 아름답고 행복한 부분도, 오히려 전화위복의 경우도, 또한 그 아름다움으로 가는 과정일 수도, 그렇다면 그 목적으로 가는 의미라는 것도 있고, 누구나, 어떤 경우라도, 얼마든지 자신을 아름답고 행복한 삶으로 기억

할 수 있어요. 그건 단지 못 찾았을 뿐이지요. 방법의 문제고 생각의 문제일 뿐이에요. 저는 그렇게 생각해요."

명신이 눈을 반짝이며 말했다. 그녀는 분명히 달라져 있었다.

"그렇지만 그것이 아무리 생각해도 자신이 용서가 안 된다면요? 저는 전에 아무 이유도 없이 길을 지나가는 사람 네 명을 죽인 사람을 만난 적이 있어요. 그건 어떻게 생각해도 아름다움이나 행복은 불가능한 것이잖아요? 어떻게 해도 변호할 구석을 찾지 못했어요. 지금도 감옥 안엔 얼마나 그런 사람이 많은지 아세요?"

"그럼 어떻게 변호하셨어요?"

"그냥 용서를 빌고 선처를 호소할 수밖에 없더군요. 그리고 그에겐 그 일과 그로 인한 고통은 평생 지고 가야 할 당신의 짐이라고 말해 줬어요."

"그거예요. 그때 바로 하나님의 도움이 필요한 거지요. 용서를 바라고, 용서를 받고 마음의 평화를 얻는 거예요. 수많은 사람을 죽인 살인자가 사형대에서 할렐루야를 외치며 진정으로 행복 속에 죽는 사람도 있잖아

요?"

"그래요. 하지만 그것은 근본적으로 무슨 죄의 문제가 아니라 사실은 그로 인해 자신의 기억이 정화되는 거예요. 그걸 믿음이라고 말하죠. 생각이요.

인간만이 그런 걸 괴로워하죠. 다른 어떤 생물도 괴로워하지 않아요. 인간이 발전시킨 큰 발명품이 하나 있어요. 바로 법이죠. 그건 진리나 선이나 정의하고는 달라요. 다수에 의한 결정이에요. 사실은. 그리고 그 대가로 공권력이라고 부르는 것을 주지요. 그게 권력이고요. 인간이 괴로워하는 거의 모든 것은 법을 어긴 거예요. 지금 감옥에 있는 많은 사람들은 죄인이 아니라 법을 어긴 사람들인 거예요. 선악하고는 달라요. 인간이 괴로워 하는 것은 바로 인간만이 신이 되었기 때문인 거지요. 그것은 고귀한 거예요."

"그러나 괴로워하지 않는 사람도 있어요."

"그건 돌연변이에요. 불량품이요. 그래도 사랑받을 만한 가치가 있는 '사람'이에요. 역시 신비스러운 '사람'이에요."

"지식이 부족하고 무지하여 또 선천적으로 아예 모

든 것을 모를 수도 있어요."

"그래서 그 방법을 알려주고 도와줘야지요. 세상에는 불필요한 고통과 괴로움에 갇혀 지금 살아있어도 지옥 속에 쓸데없이 너무 많은 사람들이 있어요."

"누가 그걸 알려주고 도와주죠? 쓸데없이 그 안에 있지 말고 그 속에서 나오라고요."

"지금은 명신 씨와 저만이 정오정 목사님의 그 글을 보았네요?"

운하는 웃으며 말했다. 그리고는 말을 이었다.

"저는 정오정 목사님의 글을 읽고 불교도, 유교도, 힌두교나 베다 철학도, 이슬람교도, 샤머니즘도, 조상숭배도 이제는 모두 이해할 것 같아요. 다 그 얘기였어요. 정오정 목사님의 글은 기독교만 아니라 모든 철학이나 모든 종교, 모든 과학, 모든 사유를 뚫고 있어요. 아예 새로운 종교를 하나 따로 만드는 수준이네요 . 지금까지 모든 인류는 그런 사실들을 분명히 모르니까 나타난 현상들을 관념으로 이해할 수밖에 없었던 거예요. 아무것도 아닌 것을요. 처음부터 우리는 모두 신이었고, 모든 것을 이미 다 이룬 거고, 지금 이 살아있음이 바로 부활이고, 행복은 이미 내 몸으로 다 완성되었고, 아무것도 두려워하거나 괴로워야 할 어떤 이유도 없었다는 것을요. 이제는 인간의 언어와 사고와 논리로 그것을 이해하고 설명할 때가 된 거예요. 과학이라는 이름으로요. 그리고 궁극적으로 우리 인류가 마지막으로 이루어야 할 과학의 끝까지도 정오정 목사님은 말하고 있어요. 지금부터 저는 뭔가를 해야겠어요."

운하가 단호하게 말했다.

"뭘요…?"

명신이 아이처럼 물었다.

"글쎄요…. 지금은 모르겠어요. 생각을 해봐야겠어요. 저는 목사님은 아니니까 뭘 해도 죽진 않아도 되겠지요? 누가 뭐라 할 사람도 없을 테니까요."

운하가 웃었다. 그 모습이 꼭 뭔가를 다 알아버린 수도사 같다고 명신은 생각했다.

"계획이 서시면 제게도 연락을 주세요."

명신이 같이 웃었다.

"이제 우리 일어날까요?"

명신이 옷깃을 올리며 일어섰다.

운하도 벤치에서 일어서며 자신이 지금 꿈을 꾸고 있는 지도 모른다고 생각했다. 한 달 전 속초에 오던 처음 새벽처럼… 밤 갈매기 한 마리가 그들 앞을 소리 내며 날아갔다. 그들은 앞으로 그들의 삶이 얼마나 놀랍도록 변할지 그때까지는 아무 것도 알지 못했다.

2부

땅을 바랬다

8월 오후의 광화문 광장은 뜨거웠다.

멀리 청와대 뒤의 북악산 위로 작은 구름 하나만이 걸쳐있을 뿐 바람 한 점 없는 한여름의 태양이 광장의 아스팔트를 녹이고 있었다. 뜨거운 기운이 가슴속으로 훅 밀려 들어왔다. 운하는 눈살을 찌푸리며 광장을 가로 질러하얀 레이스가 달린 양산을 쓰고 아이와 사진을 찍고 있는 보기 좋은 한 가족을 지나 미국 대사관 쪽으로 서둘러 건너갔다. 인사동 쪽의 출판사로 2시까지 시간에 맞추어 도착하려면 서둘러야 할 일이었다.

"김 변호사님. 오늘 시간 좀 내셔야겠어요. 오후 2시까지 출판사로 좀 나오세요. 독자와의 대화시간이 있습니다. 회의실로 바로 오시면 됩니다."

아까 출근하자마자 최민우 편집부장에게서 기분 좋은 목소리의 전화가 걸려왔던 터였다.

"오늘이요?"

"네. 점심 드시고 오세요.『소설 팩트』가 장난이 아녜요. 대박입니다. 작가와의 대화를 원하는 독자들이 너무 많아서 추첨으로 30명을 뽑았습니다. 김 작가님, 꼭 나오세요. 모두 뵙기를 원합니다. 그럼."

최민우 편집부장이 간단히 전화를 끊었다. 조금은 작은 키에 마른 듯 다부진 몸과 스포츠머리를 짧게 한 사각진 얼굴의 그에게서 40대 초반의 독특한 에너지가 전화선 너머로 전해져 왔다. 운하는 전화기를 내려놓으며 웃었다. 김 작가? 생소한 소리에 어깨를 한번 들썩하고는 서둘러 오후 일정까지 마무리를 하고 지금 출판사로 가는 길이었다.

어느새 1년하고도 6개월의 시간이 지났다.

그때 속초에서 올라온 후 운하에게는 많은 변화가 있

었다. 먼저, 선배의 사무실에서 나와 지금의 광화문 변호사회관 앞에 있는 5층 건물에 개인 변호사 사무실을 열었다. 그리고 그때 속초에서 보았던 정오정 목사의 일기를 기억하여 그 내용을 『소설 팩트』라는 제목으로 세상에 발표를 하였고 오늘 첫 독자와의 대화시간을 갖게 된 것이다.

운하는 종로경찰서 앞을 지나 인사동 골목으로 들어섰다.

찌는 듯한 더위에도 세계 각국의 많은 사람들이 서로 땀을 흘리며 와자지껄, 이젠 이곳이 한국인지, 도쿄 우에노의 한 시장 골목인지, 스페인 마드리드의 한 광장인지 모르겠는 인사동의 풍물을 즐기고 있었다. 운하는 흘러내리는 땀을 닦아내며 유명한 후유 아트빌딩 3층에 있는 출판사로 들어섰다.

"어서 오십시오. 김운하 작가님."

최 부장이 약간은 과장스럽게 허리를 최대한으로 굽혀 '작가님'에 힘을 주며 그를 반갑게 맞았다.

그가 넓지 않은 회의실에 들어서자 접이의자에 빼곡히 앉아있던 사람들이 일어서며 박수를 쳤다.

"안녕하십니까? 『소설 팩트』의 작가 김운하 님을 소개합니다."

최 부장이 먼저 연단에 서서 운하를 가리켰다.

"김운하입니다."

운하도 연단에 오르며 어색하게 인사를 했다.

다시 한 번 사람들이 박수를 쳤다.

최 부장이 웃으며 말을 이었다.

"요즘 최고의 화제작인 『소설 팩트』 작가와의 대화에 참석해 주신 독자 여러분과 김운하 작가님께 감사를 드립니다. 저는 하나출판사 편집부장 최민우입니다. 먼저 작가님의 말씀을 듣고, 이어 독자 여러분들이 궁금한 점과 의견을 직접 질문하고 작가님이 답변하는 순서를 갖도록 하겠습니다."

운하는 홀 안을 둘러보았다. 생각보다 중년의 남녀들이 다수였고 그 사이 사이 대학생으로 보이는 몇몇이 진지한 얼굴로 운하와 눈을 맞추고 있었다. 운하는 말을 시작했다.

"지금부터 한 2년쯤 전에 저는 강원도 속초에 여행을 한 적이 있는데 그때 우연히 한 목사님의 죽음을 보게 되었습니다. 그분의 특별한 기록도 함께 읽게 되었습니다. 저는 아무래도 그 기록의 내용을 세상에 알리는 것이 좋겠다 싶어 출판을 하게 된 것입니다. 혹시 저처럼 누군가는 그 기록에서 무엇인가의 답을 얻을 수도 있겠다 싶었습니다. 혹시 여러분들 중에 누구라도 이『소설 팩트』에서 무엇인가를 알게 되고 느끼게 된다면 저나 그 돌아가신 분이나 기쁘게 여길 것입니다. 저는 그때나 지금이나 평범한 변호사입니다. 그뿐입니다."

"그 돌아가신 목사님이 이영문 목사님이신가요?"

대학생인 듯한 청년이 앉은 채 호기심이 가득한 표정으로 운하에게 물었다.

"네. 그렇습니다."

사실 운하는『소설 팩트』에서 정오정 목사를 이영문 목사라는 가명으로, 강변교회를 서울교회로 쓴 터였다. 혹시라도 돌아가신 분의 명예나 복잡한 법적 소란에 얽힐 수 있었기 때문이었다. 그것은 순전한 운하의 직업적 노파심이었다.

"책 속의 김해옥 선생님도 실존인물인가요?"

명신 역시 김해옥이란 가명으로 썼다.

"네."

"『소설 팩트』는 전부 실화인가요?"

"네. 전부 제가 겪은 일이었습니다."

운하는 웃으며 대답했다.

그때 50대 후반의 얼굴이 붉고 머리가 벗겨진 거구의 사내가 무표정하게 물었다.

"작가님은 종교가 있으십니까?"

"아닙니다. 저는 무종교입니다."

"그럼 그 책 속의 내용을 믿으십니까? 그 내용은 새로운 종교를 하나 따로 만드는 수준인 것을 아십니까?"

"네. 하지만 그것은 종교의 문제가 아니고 딱히 반대할 여지가 없는 일이라고 생각했습니다. 그냥 그럴 수도 있고, 그런가 보다고 할 수도 있는 것이었습니다. 하지만 저에게는 그 책 속의 내용이 제 생각과 제 삶을 좀 더 좋은 방향으로 끌어 준 것이 사실입니다. 그것이 제가 기억을 되살려 『소설 팩트』를 출판한 이유이기도 하고요."

"작가님은 『소설 팩트』 속의 내용이 기독교나 불교, 유교나 샤머니즘 등 어떤 종교에 가깝다고 생각하십니까?"

승복을 입고 나이를 가늠할 수 없는 갸름한 얼굴을 한 스님이 반짝이는 눈으로 물었다.

"글쎄요. 저는 종교에 대해서는 전문가가 아니어서 뭐라 말할 수는 없지만 굳이 말한다면 그 제목대로 어떤 사실을 있는 그대로 말하고 싶었던 것이 아닌가 생각합니다. 또 굳이 어떤 종교와 연결을 한다면 그것은 그 책을 읽는 독자들의 자유로운 생각이라 여겨집니다."

30대 초반의 한 청년이 진지하게 말을 이었다.

"작가님, 저는 그『소설 팩트』가 진짜 멋진 게임이나 SF영화 같다고 생각했습니다. 앞으로 많은 이야기들이 그 책에서 나오고, 많은 사람들이 새로운 영감을 받을 것입니다. 두고 보세요."

그 청년은 소년처럼 웃었다.

최 부장이 자리에서 일어섰다.

"오늘은 여기까지 하죠. 모든 독자님들께 출판사를 대표해서 감사를 드립니다. 앞으로 더욱『소설 팩트』에 성원을 보내 주시기 바랍니다."

최 부장이 운하의 손을 끌고 사무실로 들어가며 큰 소리로 말했다.

"저희들이 준비한 작은 선물들 챙겨가세요. 감사합니다."

두 사람이 깨끗하게 정돈된 사무실로 들어서자 비서인 듯한 여자가 일어섰다.

"사장님, 인쇄소에서 급히 좀 뵙자고 연락 왔습니다."

운하가 쳐다보자 최 부장이 아무렇지도 않은 듯 웃으며 자리에 앉았다.

"사람들이 사장이라고도 부르고 편집부장이라고도 부릅니다."

운하도 웃으며 앉았다.

"멋쩍어서 혼났습니다. 저는 사실 작가도 아니고 그렇다고 목사나 승려도, 철학자나 과학자도 아니고…."

"김 작가님. 무슨 말씀이세요? 지금 『소설 팩트』가 얼마나 장안에 화제인지 아세요? 뒤집어졌어요. 난리가 났다고요."

최 부장은 독자와의 만남이 성황리에 끝난 것에 기분이 좋아진 듯했다.

"부장님. 저는 정말 우연히 여행을 갔다가 그 목사님의 노트를 읽고 그대로 옮겨 쓴 것뿐입니다. 제가 이렇게 작가라고 불리는 것이 부담스럽습니다. 그럴 일이 아닙니다."

"김 작가님, 저희들도 다 조사해 봤습니다.『소설 팩트』에 나오는 서울교회의 이영문 목사님은 세상 어디에도 없었습니다. 한 분 있다면 그때쯤에 속초에서 돌아가신 서울 강변교회의 정오정 목사님이 계셨는데, 우리가 그 교회와 가족들에게 알아봤더니, 정오정 목사님은 지병으로 은퇴를 하시고 그곳에서 요양 중 돌아가신 것으로,『소설 팩트』와 그 내용과는 아무 상관이 없다고 확인을 해주었습니다."

최 부장은 진지한 얼굴로 말을 이었다.

"작가님, 지금『소설 팩트』의 독자들이 온오프라인에서 얼마나 많은 모임을 갖고 토론하고 그 내용을 발전시키고 있는지 아세요? 벌써『소설 팩트』는 스스로 세상에서 진화의 단계에 들어가고 있습니다. 작가님, 이『소설 팩트』는 김운하 작가님의 창작물입니다. 책 속에 나오는 이영문 목사님도, 또 그분이 썼다는 그 'FACT'

라는 노트도 세상에 없습니다. 우리 중 누구도 그 노트를 본 사람도 없고요. 작가님, 저도 모태신앙을 가진 크리스천인데, 저는 작가님을 개인적으로 존경합니다. 지금 그『소설 팩트』는 제 인생에도 이미 많은 영향을 끼치고 있습니다. 소설이라는 말이 원래 영어로 'fiction' 아닙니까? 그런데 그 제목이 'fact'이니 얼마나 절묘해요? 김 작가님은 'fact'를 'fiction' 안에 넣어버렸습니다. 참 대단하십니다. 그러니 아무 말씀 마시고 놔두세요. 그 책 속의 한 구절대로 한 사람에게만이라도 그 책이 좋은 영향을 끼친다면 의미가 있다고 하신 것처럼 이미 저 한 사람이 변화가 되었습니다. 저도 지금 제 과거와 제 기억과 제 관점이 아름답게 바뀌고 있습니다. 저 역시 지금 엄청난 자유와 마음의 평화가 만들어지고 있거든요. 고맙습니다."

운하의 손을 어느새 꼭 잡은 최민우의 얼굴에 알듯 말듯 은은한 빛이 나왔다.

"최 부장님.『소설 팩트』에 쓴 이영문 목사님이 바로 아까 부장님이 말씀하신 정오정 목사님이십니다. 그분이 10년간 깊은 사색 끝에 기록한 'FACT'가 바로 이

『소설 팩트』입니다."

그러자 민우는 운하의 눈을 똑바로 바라보며 말했다.

"김운하 변호사님, 압니다. 그러나 정오정 목사님은 그 노트를 가족에게도, 경찰에게도 보이지 말고 김 변호사님이 보관하기를 원하셨어요. 김운하 변호사님에게 그 다음의 일을 맡기신 겁니다. 그러니 이제 그 'FACT'의 일은 김 변호사님의 일이 되었습니다. 김 변호사님은 일을 시작했고요. 저는 지금 출판사의 대표로 그 일을 세상에 알렸습니다. 또 변화된 누군가가 이어서 뭔가 하려면 하겠지요. 김 변호사님도 이제 그냥 놔두세요. 세상에 나쁜 일이 아니니 그런가보다 하고 보기만 하셔도 될 겁니다."

민우의 말 속엔 진심이 배어 있었다.

그는 말을 이었다.

"저는 정오정 목사님을 이해합니다. 그 '팩트'라는 노트를 그분이 직접 세상에 발표했다면 그분은 당장 이단이나 사이비교주가 되었을 것입니다. 그분 입장에선 자신의 교회와 10만여 명의 교인들과 그 가족들에게 큰 부담을 주는 일이었죠. 아마 감당하시기가 불편하셨을

162

겁니다. 그래서 누구든 그 노트를 읽고 감당이 안 되면 불에 태우라 하신 거죠. 그런데 김 변호사님이 읽었고, 세상에 알렸고, 오늘이 된 겁니다. 이건 김 변호사님의 운명일수도 있죠. 이제 이 세상에서 신이 된 사람은 변호사님과 그 여선생님만이 있어요. 제가 두 번째로 그 원고를 읽었으니 제가 세 번째로 신이 된 거죠. 지금은 수많은 사람들이 그『소설 팩트』를 읽고 있어요. 크리스천도, 불자도, 샤머니스트도, 무신론자도요. 지금 온라인에서는『소설 팩트』를 읽은 수많은 독자들이 여러 형태로 모이고 있어요. 그냥 놔두세요. 그리고 지켜보세요. 많은 사람들이 이제 미움과 증오와 후회와 절망과 낙심에서 빠져나와 스스로 삶을 아름답게 만드는 것을요.”

운하는 최 부장의 사무실을 나와 삼청동 쪽으로 걸어 올라갔다.

한여름의 오후는 아직도 뜨거웠다. 운하는 왠지 멍한 기분이 들었다. 생각이 잘 정리가 되질 않았다. 선글라스를 멋지게 끼고 맨살을 드러낸 서양인 여자 둘이 운하를 보고 웃어주며 지나쳤다. 그날 새벽 속초에 갈 때도, 정오정 목사의 주검을 보고, 그의 노트를 읽고, 그때 속초를 떠나 올 때도 지금과 같은 기분이었다. 현실감이 없는, 마치 꿈속에서 걸어가고 있는, 그런 느낌.

운하는 뜨거운 오후의 한여름 하늘을 한 번 올려보았다. 눈살이 찡그려졌다. 거리에 나오자마자 바로 땀이 불을 타고 흘렀다. 운하는 스마트폰을 꺼내들었다.

"여보세요?"

전화기 저쪽에서 명신의 목소리가 들려왔다.

"저 김운합니다."

"알아요."

명신의 차분히 웃는 얼굴이 그려졌다.

"어디세요?"

"아직 학교예요. 끝나려면 한두 시간쯤 있어야 해요."

"오늘 뵐 수 있을까요?"

"왜요? 무슨 일 있으세요?"

"아뇨. 그냥요."

"7시에 뵐 수 있어요."

명신은 지금 서울 서대문에 있는 오랜 역사를 지닌 초등학교에 전근 온 지 1년쯤 된 터였다. 운하의 사무실과는 언덕 하나만 돌아 내려가면 바로 찾아갈 수 있는 가까운 거리에 있었다.

"지금 삼청동 쪽으로 걷고 있어요. 이쪽으로 좀 올라오실 수 있으세요?"

"네. 근처에서 전화 드릴게요."

명신은 전화를 끊었다.

운하는 삼청공원으로 올라가 후문 쪽으로 들어가서 산책로를 따라 걸어 오르기로 했다. 한여름 도시의 산은 울창한 숲으로 꽉 차있었다. 온 숲이 시원한 매미 소리로 시끄러웠다. 명신을 마지막으로 본 지도 근 두 달은 된 것 같았다. 운하는 약수터를 지나 다시 공원 정문으로 해서 북촌 골목으로 들어가서는 가끔 가던 고즈넉한 찻집에 자리를 잡고 명신에게 위치를 알렸다. 명신의 맑은 눈이 떠올랐다. 명신이 속초에서 서울로 자리를 옮긴 이후에 두 사람은 한 달에 한두 번씩은 만나고 있었다. 두 사람의 일터가 가까운 탓도 있었지만, 애초에 두 사람이 그리 자리를 잡은 탓이 더 컸다. 운하는 자신이 명신을 사랑하고 있는지도 모른다고 생각했다. 그때 창밖으로 큰 면 티에 청바지를 입고 예의 그

동그란 안경을 쓰고 운동화를 신은 채로 경쾌하게 찻집으로 들어서는 명신이 보였다. 명신은 맑은 눈을 안경 너머로 반짝이며 운하의 앞에 앉았다.

"김 변호사님, 오래간만이네요?"

"네. 선생님도 잘 지내셨어요? 두 달쯤 됐죠?"

운하는 쑥스럽게 웃었다.

"어쩐 일이세요?"

명신이 헤이즐넛을 한 잔 주문하면서 말을 이었다.

"아, 책 잘 읽었어요. 많이들 읽으시던데요? 어쩜 그렇게 진짜 그대로, 정말 토씨 하나 안 틀리고 다 기억해 쓰셨어요? 제가 김해옥 선생님이고요?"

명신은 웃었다.

"네. 안 그래도 지금 막 출판사에서 독자와의 대화시간을 끝내고 오는 길입니다."

"저희 학교 선생님들도 많이 읽으세요. 아이들과의 대화에 도움이 되거든요."

"그런데 제가 출판한 일이 실수가 아닌가 싶어요. 괜히 제 전공도 아닌데 세상에 괜한 일을 벌인 건 아닌가, 후회해야 하는가, 하고 있습니다."

"그걸 모르시고 출판하신 거예요?"

명신이 운하의 얼굴을 바로 쳐다보며 말했다.

"어떤 분이 조금 전에 저와 최 선생님이 신이 되었다고 하시더군요. 자신이 세 번째로 신이 되었고요. 덜컥 겁이 났습니다. 그 '팩트'에 의하면 우리 모든 인간이, 인간이 된 순간부터 이미 전부 신이 된 거라 한 건데요. 정오정 목사님이 살아계시면 그분이 직접 감당하실 텐데….""

운하는 말끝을 흐렸다.

"정 목사님은 더 감당하시기가 어려웠을 거예요. 그분은 정상적인 기존 기독교단의 목사님이셨잖아요? 그것을 그분은 그때 다 아셨고, 오히려 김 변호사님이 더 감당하시기가 쉬우실 거예요. 비종교인이시니까 그냥 과학의 관점에서만 접근하셔도 사실 누가 할 말은 없는 거죠. 제 주변에 계신 분들 중에도 크리스천이 계시고, 불자도 계시고, 샤머니스트도 계시고, 무신론자도 계셔요."

"…?"

"그런데 『소설 팩트』를 읽으신 후, 크리스천은 이제

성경이 과학으로 설명되었다고 기독교가 진짜 과학적이라 하시고, 불자는 우리 모두는 원래가 다 스스로 부처였고 우리 모두의 불성과 마음이 바로 극락이고 지옥인 것이 과학으로 설명되었으므로 불교가 가장 과학적이라 하시고, 무신론자는 종교는 원래 다 과학적인 사실만이 그 근본이지 따로 어떤 신도 없는 거라 하시고, 샤머니스트는 인간의 영혼이 바로 과학적으로 기억된 정보인 것이므로 그 정보를 특별히 수신할 수 있는 뇌적 능력이 있는 무속인들의 접신이 바로 진짜 과학적이라 하세요. 그리고 서로들 웃으세요."

운하는 할 말을 잃고 명신을 물끄러미 보았다.

명신이 말을 이었다.

"『소설 팩트』의 독자들은 지금 『소설 팩트』의 내용을 팩티즘(factism), 팩트의 내용을 믿는 사람을 팩티스트(factist), 팩티스트들의 모임과 그 공동체를 팩티니티(factinity)라고 부른데요."

"정말요?"

운하는 웃었다.

"정오정 목사님은 이영문 목사님이란 가명으로, 『소

설 팩트』는 변호사님이 직접 출판하셨으니, 변호사님이 이제 김운하 작가님으로 감당하셔야 할 것 같네요."

"그러게요. 정오정 목사님은 돌아가셨고, 'FACT' 원본은 불타서 없어졌고, 정 목사님의 가족과 교회에서는 그 사실 자체를 부인하시는데 어떻게 해요?"

"그래도 너무 걱정 마세요. 'FACT'가 세상에 나쁜 일이 아니라고 저는 생각해요. 모든 과학은 가설에서 출발해서 결국 사실로 인정이 되고, 그것이 인간을 발전시켜 온 것 또한 사실이잖아요?『소설 팩트』의 내용이 사람들에게 새로운 안목을 갖게 하는 것이라면 그것 또한 세상의 발전이라고 생각해요. 또 딱히 'FACT'가 틀렸다고 증명하기도 어렵잖아요?"

명신이 따뜻하게 웃어주었다.

운하는 지금 명신을 보길 잘했다고 생각했다. 그는 속초에 가던 그날 새벽 이후 자신의 모든 것이 생경하게 변하고 있음을 느꼈다. 외옹치 언덕에서 멀리 바라보던 그 끝없는 파란 바다가 생각났다. 그리웠다. 그래도 지금 명신이 이곳 서울까지 같이 와준 것이 고마웠다. 그때 명신과의 첫 만남도, 정오정 목사의 죽음을 첫

대면한 것도, 그 노트를 처음 보게 된 것도, 그날 새벽 이유 없이 속초행 버스에 오른 것도, 지금 서울에 올라와 『소설 팩트』를 출판하고 그것이 여러 사람들 입에 오르는 것도, 전부 이상했다. 혹시 운명이나 팔자나, 어쩌면 하나님의 뜻이란 것이 있다면, 지금 자신에게 일어나고 있는 이 몇 년간의 일들이 그런 것일지도 모른다고 그는 생각했다.

그리고 그는 며칠 후 한 통의 전화를 받았다.

"여보세요? 『소설 팩트』의 작가이신 김운하 변호사님이십니까?"

"네. 그렇습니다만."

"안녕하십니까? 저는 인천에 있는 소망교회 박진덕 목사입니다. 얼마 전 작가와의 대화시간에 출판사에서 뵌 적이 있습니다."

"네. 그러세요? 그런데 제 연락처는 어떻게 아셨습니까?"

"출판사에서 알려 주시더군요."

"어쩐 일이십니까?

"다름이 아니고 저희 교회에 오셔서 강연을 좀 해주셨으면 해서 지금 초대를 하려고 전화를 드린 겁니다."

"네에?"

운하는 당황했다. 지금 여러 일이 당혹스럽기는 했지만 이건 정말 예상치 못한 일이었던 것이다.

"목사님, 저는 교회에 가서 강연을 할 만한 사람이 못됩니다. 저는 목사도, 종교인도, 학자도 아닙니다. 우연히 돌아가신 목사님이 쓰신 글을 보고 세상에 대신 알린 것뿐입니다. 죄송합니다."

운하는 전화를 끊고, 출판소로 전화를 돌렸다.

"최 부장님이세요? 혹시 인천의 박진덕 목사님을 아세요?"

"네. 제가 다니는 교회의 담임목사님이십니다. 연락 왔지요? 꼭 한 번 교회에 강사님으로 모시고 싶다고 하셔서요. 훌륭하신 분이세요. 저희 교회에서는 전교인에게 『소설 팩트』를 사서 다 무료로 드렸어요."

"고맙네요. 하지만 다음엔 제게 먼저 연락을 좀 주세요."

운하는 교회에서 그렇게도 하는 건가하고 어깨를 한

번 들썩하고는 전화를 끊었다.

교회는 인천 시청에서 멀지 않은 곳에 위치하고 있었다. 깨끗하게 지은 반듯한 사각형 9층 상가 건물의 4층과 5층을 사용하고 있었다. 운하는 계단으로 걸어올라 4층 교회 사무실에 들어섰다. 교회는 200평쯤 되어보였다. 생각보다 크고 잘 정돈된 교회 규모에 운하는 내심 놀랐다.

그때 50대 후반의 얼굴이 붉고 머리가 벗겨진 거구의 사내가 엄청난 크기의 책상 소파에서 일어나 운하를 맞았다.

"안녕하세요? 변호사님! 박진덕 목사입니다. 전에 한번 뵌 적이 있지요? 반갑습니다."

그의 걸걸한 목소리가 쩌렁쩌렁 울렸다. 운하는 그의 두꺼운 손을 잡으며 그의 얼굴을 기억해냈다.

"네. 반갑습니다. 밖에서 보기보단 교회가 크고 깨끗하네요?"

운하도 공손히 인사를 했다.

"아! 네. 곧 교회는 더 크게 건축할 계획입니다. 이렇게 인천까지 와주셔서 감사합니다. 저는 그『소설 팩트』에 큰 공감을 하고 많은 생각과 깨달음을 얻었습니다. 오랜 시간 신학을 연구하면서 해결치 못했던 여러 문제들에 답의 단초를 저도 얻었습니다. 꼭 한 번 가까이 뵙고 저희 성도들에게『소설 팩트』의 자세한 얘기를 들려주고 싶었습니다. 감사합니다. 와주셔서.”

“아닙니다. 저는 단지 제가 읽은 것을 기억하여 전달했을 뿐입니다. 부끄럽습니다.”

운하는 진짜 답답했다. 모두가 달을 가리키는 손끝만 보는 답답함이었다. 뭔가 이상한 방향으로 흐르는 것을 운하는 예감했다. 그러나 이것은 다음에 일어날 일들에 비하면 작은 전조에 불과했다.

“아닙니다. 그런 말씀은 모두 작가님의 얘기입니다. 어디에도 서울교회의 이영문 목사님이란 분은 존재하지 않았습니다. 그때쯤 정오정 목사님이라고 속초에서 돌아가신 분이 한 분 계시긴 했지만, 저도 그분을 좀 아는데, 그분은 절대 그런 파격적인 글을 쓰실 분이 아니십니다. 그분은 전혀 상관이 없습니다. 모두가 작가님의 완전한 창작물이고 그 연구결과라고 저는 확신합니다. 아니라고 해도『소설 팩트』에 보니까 이영문 목사님은 돌아가셨고, 그분의 원고는 모두 불타 없어졌고, 모두가 있지도 않는 허상일 뿐입니다. 하지만 그『소설 팩트』의 내용은 사실 너무 신학적으로 엄청나고 저도 절대 공감하기에, 저는 앞으로 제 교회를 팩티스트 처치(factist church)로 운영하기로 했습니다. 저희 교인들도 전부 이미 동의했습니다. 지금 위 층 성전에 모두 모여 계신데 정말 기대가 큽니다."

운하는 문득 오늘 여기에 잘못 온 것 같다는 생각을 했다. 일이 지금 이상하게 꼬이고 있는 것이 분명했다.

그때 정장 차림의 30대 후반쯤 되어 보이는 한 고상한 모습의 여인이 사무실로 들어왔다.

"목사님, 이제 성전으로 나가시죠. 모두 기다리십니다."

"아! 네. 알았어요. 나갑시다."

박진덕 목사는 호기스럽게 큰소리로 대답하며 운하에게 그녀를 소개했다.

"이미연 집사님이십니다. 우리 교회 여선교회장님이세요. 교회 살림꾼입니다. 작가님의 열렬한 팬이지요.

앞으로 자주 보실 겁니다. 이 집사. 인사해요."

그녀는 자세를 흩트리지 않고 사무적으로 고개를 한 번 숙이고 사무실을 나갔다.

"김 작가님. 나가시죠."

박 목사가 운하의 손을 예의 그 두꺼운 큰 손으로 덥석 잡아끌고 5층의 성전을 향해 사무실을 나섰다. 계단까지 찬송가 소리가 흘러 나왔다. 운하는 머리가 하얘졌다. 작은 강당에서 하는 좌담이나 대화가 아니었다. 딱히 할 말도 없었다. 성전에 들어서자 높지 않은 천장의 넓은 홀에서 천 명쯤은 족히 넘어 보이는 사람들이 노래를 부르고 있었다. 강단에서 몇몇 청년들이 일렉트릭 기타와 드럼소리에 맞춰 노래와 율동을 인도하고 있었다. 운하는 이 모든 장면들이 현실이 아니기를 바랐다.

"할렐루야!!"

"할렐루야!!"

"할렐루야!!!"

박진덕 목사가 운하의 손을 끌고 제단에 오르자 사람들이 여기저기에서 박수를 치며 큰 소리로 외쳤다.

박 목사는 운하를 제단 의자에 인도하고는 바로 강대

상에 서며 크게 말했다.

"할렐루야!!!"

다시 한 번 큰 박수소리가 홀 안에 울렸다.

박 목사도 몇 번 박수를 치고는 바로 설교를 시작했다.

"사랑하는 성도 여러분! 오늘은 우리 교회의 역사와 세상 모든 교회의 역사에 큰 획을 긋는 날입니다. 인류는 지금까지 과학과 종교는 전혀 다른 영역으로 이해하여 서로 불가침의 상대로 알아 왔습니다. 그러나 이제 더는 그럴 수 없게 되었습니다. 무엇이든 서로가 서로를 설명할 때가 된 것입니다. 이 근세의 인류 과학은 눈부시게 발전하였습니다. 이 우주의 시작과 그 끝과 그 밖을 이해하고 설명하기 시작했습니다. 물질의 근원과 반물질의 한계를 새롭게 정의하고, 생물의 근원인 유전자를 발견하고, 설명하며, 조작하여, 이젠 체세포의 복제만으로 새 생명을 만들어내기 시작했습니다. 뇌과학의 발전으로 그 기억 메커니즘을 설명하고, 영혼의 실체와 천국과 지옥에 접근하기 시작했습니다. 시간 역시 절대적인 것이 아니고, 공간도 휘어지며 중력을 만드는 것을 밝혀내고 있습니다. 무에서 유가 만들어지는 순간을 실험으로 재현해 냅니다. 오늘 우리는 『소설 팩트』를 통하여 이 모든 것을 구체적으로 하나씩 교회에서 이해하는 첫걸음을 내디딘 것입니다. 저는 지금 우리 소망교회가 팩티스트 처치(factist church)가 된 것을 선언합니다."

"아멘!!!"

교인들이 큰 소리로 답했다.

박 목사는 다시 외쳤다.

"사랑하는 성도 여러분! 오늘 주님께서 우리에게 보내주신 선지자 김운하 작가님을 소개합니다."

박 목사는 운하를 가리켰고, 다시 한 번 큰 박수 소리가 났다.

운하는 엉거주춤 일어나며 자신의 앞날이 깜깜할 것이라 느꼈다. 명신이 보고 싶어졌다.

운하는 천천히 강단에 섰다.

"감사합니다. 저는 이런 말할 자격이 없지만, 누구라도 착한 마음을 가지고 자기 인생 전부를 감사하면 모든 것이 해결된다고 저는 생각합니다. 감사합니다."

교회 안에 갑자기 흐르는 정적을 뒤로 하고 운하는 그 길로 밖으로 나왔다. 현기증이 났다.

"지금 우리 데이트하는 거지요?"

명신이 웃으며 말했다.

외옹치에 두 번째 가던 날 운하는 그 언덕에서 다시 그녀를 만났을 때의 반가움과 설렘이 떠올랐다. 두 사람은 서울광장에서 프레스센터를 지나 청계광장으로 걸었다.

"우리 저녁 식사할까요? 제가 오늘 대접하겠습니다."

"좋아요. 저 지금 배고프거든요."

명신이 망설임 없이 답하며 무교동 쪽으로 앞서 갔다.

"뭐 드시겠어요?"

"낙지요. 무교동이니까 낙지가 제격이지요. 아세요? 무교동 낙지볶음!"

운하의 물음에 명신이 장난스럽게 말하며 옛날 피맛골부터 있다가 지금은 빌딩 한 모퉁이에 자리 잡은 오랜 맛집으로 들어섰다.

"무슨 일 있으세요?"

음식을 주문한 명신이 걱정스런 표정으로 물었다.

"최 선생님. 혹시 인천에 있는 소망교회의 박진덕 목사님이라고 아세요?"

"처음 듣는데요? 왜요?"

"며칠 전에 그분 교회에 강사로 다녀왔어요."

"그러세요? 잘 하셨어요?"

"그런데 제가 자신들을 위해 하나님이 보네주신 선지자라고 했어요. 그리고 자신들의 교회가 'FACT'를 믿는 교회라고 팩티스트 처치라고 선언을 했어요. 그리고 『소설 팩트』를 교회에서 단체로 사서 모든 교인들에게 무료로 나눠줬고요. 그 박진덕 목사님은 'FACT'의 내용으로 설교를 하시더군요."

"고맙네요. 좋은 거 아닌가요? 뭐가 문젠데요?"

"제가 무슨 선지자예요? 하나님으로부터 온 메신저라는 얘기잖아요? 말도 안 되는 거잖아요?"

"그건 모르지요. 모세도, 다윗도, 바울도, 요한도… 전부 선지자였죠. 전부 처음엔 평범한 사람들이었어요. 걱정 마세요."

명신이 웃었다.

"지금 이상한 방향으로 가고 있다고요."

"우린 다 알고 있었잖아요? 출판하지 않았으면 더 후회했을 거예요. 그냥 모든 것을 놔둬요. 흘러가게요."

"광적인 사이비 종교집단들이 될지도 모른다는 생각이 들어요. 지금 여기저기에서 팩티스트와 팩티니티들이 생겨요. 며칠 전엔 팩티스트 처치가 생기는 걸 내 눈으로 직접 봤어요. 이러다 무슨 사단이 나면 어떻게 해요?"

"지금 그래요? 그런 건 아니잖아요? 과학자는 사실만 말하는 거예요. 거기에 의미를 부여하는 것은 철학자나 종교인이 할 일이에요. 'FACT'는 그 사실을 정오정 목사님이 교회 목사의 눈으로 본 것뿐이에요. 운하 씨의 『소설 팩트』도 많은 분야의 많은 분들이 자신의 눈으로 읽고 그 팩트에 의미를 부여하겠지요. 세상은 그렇게 흘러가는 거예요. 지구가 둥글고 태양을 돈다는 사실을 처음 알고 사람들은 놀랐죠. 싫다고 있는 사실을 숨길 수도, 왜곡할 수도 없는 노릇이잖아요?"

명신이 선생님같이 말했다.

운하는 가끔 그녀가 심오한 철학자 같다는 생각을 했다.

"그런데 우리 인간이 지금 사실이라 알고 있는 과학적 계측도 불확정성의 원리대로 인식하는 순간 이미 변화되어 있어요. 지금 우리가 보는 하늘의 별도 수십 억 년 전의 장면이에요. 지금 이 순간 그곳에 무슨 일이 있는 지는 절대 아무도 몰라요. 또 그만큼의 시간이 지나야만 알 수 있지요. 이것 역시 증명된 과학적 사실이지요."

운하가 걱정스레 말했다.

"변호사님. 걱정 마세요. 'FACT'에 나쁜 말은 없어요. 착하게, 감사하게, 행복하게, 살자는 것이잖아요? 변호사님은 지금 세상에 나쁜 짓 안 했어요. 정오정 목사님도 거짓말 안 했고요. 걱정 말고 우리 식사해요. 저 배고프다고요."

두 사람은 마주보고 웃었다. 운하의 마음이 평화로워졌다. 지금 운하에게 명신은 평화였다. 그런 명신이 운하는 좋았다.

어느 덧 2년의 시간이 또 지났고, 2년 만에 박진덕 목사에게서 한번 만나자는 전화를 받았다.

그동안 『소설 팩트』는 꾸준히 사람들에게 읽히고 있었고, 여러 곳에서 많은 모임들이 스스로 팩티니티란 이름으로 생기고 있었다. 세상은 아무 일도 일어나지 않았고, 운하와 명신 역시 그대로였다. 하나 달라진 것이 있다면 이제 서로의 호칭이 분명하게 운하 씨, 명신 씨로 정리되어 있었을 뿐이었다.

"어서들 오세요."

운하는 자신의 사무실 문을 열고 들어서는 박진덕 목사를 반갑게 맞이했다. 옆엔 상고머리를 하고 하늘색 와이셔츠를 입은 수수한 차림의 30대 초반쯤 되어 보이는 청년도 같이 있었다.

"변호사님, 오래간만입니다. 한 2년 된 것 같습니다."

"네. 목사님도 잘 지내셨어요? 교회도 평안하시고요?"

운하가 소파에 앉자 그 청년도 가볍게 고개를 숙여 운하에게 인사를 했다. 선한 인상의 그는 약간은 마른 듯하면서도 뭔지 모를 장난기가 몸에서 베어 나왔다. 운하는 그를 어디선가 본 듯했다. 그때 박 목사가 준비한 명함 한 장을 꺼내 운하에게 건넸다.

"제 새 명함입니다."

박 목사가 거구의 허리를 바로 세워 앞으로 몸을 숙이며 말했다. 그동안 몸이 더 커진 것 같았다. 명함에는 '세계 팩티니티 연합회 총회장 박진덕'이라고 씌어 있었다. 의아한 듯 바라보는 운하에게 박 목사가 기분 좋게 말했다.

"그동안 많은 일들이 있었습니다. 우리는 '팩트'를 믿는 사람들의 모임을 팩티스트 커뮤니티(factist community), 줄여서 팩티니티(factinity)라고 부릅니다. 지금 한국에서만 전국에 약 300개 정도 있고, 일본과 미국, 유럽, 중국 등에도 자생적으로 몇 개씩 있습니다. 1년 전부터 우린, 각 팩티니티들이 정기적으로 서로 교류하고 있습니다. 나이나 종교, 국적, 직업, 전공을 초월하여 각각 모여 교류하고 있습니다. 얼마 전에 제가 연합회 총회장으로 선출되어 오늘 인사도 할 겸, 또 좋은 소식도 있어서 초대도 할 겸 왔습니다. 우리들의 유일하신 선지자님이

신데 이제야 알려드려서 죄송합니다. 하하하!"

호탕하게 웃는 박 목사를 바라보며 운하는 여러 생각이 스쳐갔다.

그동안 세상엔 아무 일도 일어나지 않은 것이 아니었던 것이다.

"네. 그러셨군요. 축하드립니다."

"그동안 우리는 많은 논쟁과 토론을 했습니다. 처음엔 여러 종교인들이 각각의 종교를 주장하며 그 도그마들이 서로 충돌했습니다. 그러나 지금 생각하면 모두 무의미한 일이었습니다. 누구는 우리 몸이 살아 있는 하나님의 성전, 영혼의 실재, 육체의 부활, 행위대로 심판, 천국은 우리 안에 있다, 천사들… 등이 과학 그 자체라 했고, 누구는 본시 부처, 극락은 내 마음 속에 짓는 것, 마음공부, 깨달음, 해탈, 환생… 등이 바로 과학의 근본이라 했고, 누구는 도와 인과 군자… 등이 바로 그 얘기라 했고, 누구는 자연과 선인이 그 얘기라 했고, 누구는 브라우만과 자신들의 신들이 나타났다 했고, 누구는 천지인 사상이 바로 그 얘기라 했고, 누구는 귀신이 무서운 것이 아니라 그것이 바로 과학이라 했습니다.

그러다 우리는 예로부터 많은 현자들이 모든 종교는 하나요, 그 끝도 하나요, 그것은 마치 장님들이 한 코끼리를 만지고 서로 다르게 말하는 것과 같다는 것을 기억해 내고, 그 코끼리가 이제 우리 인류 앞에 드러났는데 그것이 바로 '팩트'라는 결론에 다다랐습니다. 우리가 말하는 팩티즘은 과학으로 증명되고 설명할 수 있는 사실만 믿는다는 것입니다. 그리고 우린 모든 종교를 초월해서 팩티니티 연합회를 만들게 되었고 각 팩티니티의 대표들이 의견을 기록한 것을 우리는 잠언집으로 기록하여 서로 돌아가며 읽고 있습니다. 그리고 그 외옹치 언덕은 우리 팩티스트들에게 성지가 되었습니다. 우리는 모든 신들을 그들이라고 부르기로 했습니다."

운하는 숨이 막혔다.

"그런데 목사님. 『소설 팩트』는 말 그대로 소설일 뿐입니다. 그리고 그 '팩트'도 한 목사님이 자신이 공부한 과학의 지식으로 자신의 종교를 이해하려 한 것입니다. 지금 목사님의 말씀을 듣다보니 『소설 팩트』가 또 하나의 새로운 도그마가 되어 사람들을 피곤하게 할까 염려가 되는 군요."

"하하…. 그런 걱정 안하셔도 됩니다. 우리는 아무 것도 세우지 않고, 단지 '팩트'의 결론대로 아름다운 마음 가꾸기에만 관심이 있을 뿐입니다. 어떤 새로운 종교적 행위는 없습니다. 어떤 종교도 반대하지도, 만류하지도 않습니다. 오히려 팩티즘을 통하여 각자의 종교를 더 잘 이해하고 잘 영위하게 될 것입니다."

박 목사는 확신에 찬 음성으로 말했다.

운하는 눈을 반짝이며 박 목사의 옆에 앉아 있는 청년을 바라보았다. 둘이 눈을 마주치자 그가 눈으로 웃어 주었다.

"아! 소개가 늦었군요. 이 분은 이연우 회장님이십니다."

박 목사의 소개에 그 청년이 가볍게 고개를 끄덕였다.

"세계 최대의 온라인 게임 그룹 소유주이십니다."

"네…에…. 반갑습니다."

운하는 의아해하며 인사했다.

"저번에 한 번 뵈었죠? 『소설 팩트』 작가와의 대화시간에 찾아뵈었습니다. 책 얘기에 저는 영감을 많이 받았습니다.”

“아, 네.”

운하가 대답했다.

“이 회장님은 지금 열렬한 팩티스트가 되었습니다. 우리 모든 팩티니티의 막강한 재정 후원자이시기도 하고요.”

“전 그동안 아바타나 매트릭스나 스타워즈 같은 아이디어가 왜 서양에서 먼저 계속 나오는지 답답했었는데 저는 ‘팩트’에서 그 종교학적인 근원을 알게 되었습니다. ‘팩트’는 오히려 그들의 어떤 것보다도 앞서 있었습니다. 그들이 ‘팩트’와 같은 생각을 했는지는 모르나 그들은 모두 은유와 비유로 그 정곡을 비켜나갔습니다. 그건 아마도 그들이 기독교 문화권이어서 직접 종교적인 문제를 거론하기는 껄끄러웠을 거라 여겨집니다. 그러나 우리는 다르지요. 바로 사실을 말할 수 있습니다. 그 정곡을 찌른 것이『소설 팩트』이더군요. 저는『소설 팩트』에서 앞으로 영화나 게임 등의 문화 콘텐츠를 아주 많이 만들 수 있는 아이디어를 얻었습니다.”

연우가 진지하게 말했다. 아까의 그 장난기 많아 보

이던 청년의 모습은 없어졌다.

"이번에 이 회장님이 큰일을 하셨습니다. 설악산 대청봉 바로 아래의 땅 20만 평을 우리 팩티니티 연합회에 기증하셨습니다. 그곳에 세계 팩티니티들을 위한 평화타운을 건설하기로 했고, 이미 95%가 완성되었습니다. 사실은 오늘 선지자님을 그곳에 초대하려고 찾아뵌 것이기도 합니다."

"…."

운하는 뭐라고 말할 수 없었다. 지금 이 일들은 이미 자신의 머리 용량 밖의 일인 것 같았다. 박 목사가 운하의 이런 마음을 읽은 듯 웃으며 말을 보탰다.

"선지자님은 아무 것도 안 하셔도 됩니다. 무슨 일이든지 일은 저희들이 다 알아서 할 테니까 아무 걱정 마시고 그냥 있기만 하세요. 그럼 다 됩니다."

연우가 편안한 얼굴로 말을 이었다.

"저는 전자 공학을 전공한 무신론자로서 '팩트'에서 사업적 아이디어만 얻고 있는 것이 아니라, 그 내용에서 제 마음의 평화를 얻었습니다. 나 자신의 정체성도 알게 되었고요. 무엇보다 '팩트'가 종교가 아닌 것이 지금도 저는 좋습니다. 저는 이영문 목사님의 'FACT'를 과학적 사실 그대로 인정하고 받아들였습니다. 그리고 제 마음이 그 동안 쓸데없이 더러워지고, 이유 없이 피곤했던 것을 알게 되었습니다. 저는 지금 내 몸을 감사하고, 내 마음을 잘 가꾸고 있습니다. 이 평화로움을 다른 분들에게도 나누어 주고 싶어서 한 결정입니다. 돈은 『소설 팩트』에서 새롭게 얻은 아이디어로 제가 지금 기증한 것보다 더 많이 벌게 될 것입니다. 장소도 일부러 외옹치에서 멀지 않고 설악산 대청봉을 등에 끼고 바다가 앞에 보이는 곳으로 택했습니다. 이영문 목사님과 선지자님과 김해옥 선생님이 느끼셨다던 그 평화를 이제 우리도 그 팩트하우스에서 함께 살며 느끼게 될 것입니다."

진지하게 말하는 연우에게서 진심이 베어 나왔다.

박 목사가 말을 이었다.

"우린 그곳에 누구든지 자유롭게 들어와 살 수 있고, 자유롭게 나갈 수 있게 했습니다. 어떤 종교인이든 상관없고, 그곳에선 일체의 종교적 단체 행사는 없습니다. 큰 텃밭과 운동시설장, 등산로를 만들었고, 공동식당, 공동목욕탕 그리고 전자부품공장을 만들었습니다. 우선 50채의 작은 집을 만들었고, 선착순으로 누구나 무료로 들어 올 수 있습니다."

박 목사는 연우를 한 번 보고 말을 이었다.

"이 모든 것은 이 회장님의 헌신 덕분이었습니다. 앞으로의 모든 운영비용도 전부 이 회장님이 부담하시기로 하셨습니다. 모든 것은 무료입니다."

"목사님도, 저도, 우리 다 거기 들어가서 살 작정입니다. 선지자님도 들어오세요. 그 책의 김해옥 선생님도 같이요."

연우가 정말 기쁜 듯 밝게 말했다.

8개월 후.

운하는 연우가 직접 운전하는 그의 고급 벤츠 뒷좌석에 앉아 있었다. 옆엔 명신이 함께 했다.

"두 분 결혼을 축하드립니다. 그리고 오늘 팩트하우스에 입주하심을 환영합니다."

연우가 백미러를 통해 인사했다. 운하는 명신을 바라보았다. 사랑스러웠다.

동그란 안경 너머의 그녀의 눈은 언제 봐도 참 맑았다. 운하는 명신의 손을 잡았다. 명신이 운하의 따뜻한 손을 같이 꼭 잡아 주었다. 그는 행복했다. 차는 미시령 터널을 빠져 나와 속초 시내로 들어가고 있었다. 6월의 설악과 바다는 푸르고 울창하고 풍성했다. 4년 반 전 그 날 새벽 보았던 회색빛의 그곳은 이제 운하에게 없었다. 명신과 눈이 마주쳤다. 그녀도 감회가 새로운 듯 오른쪽 울산 바위를 가리켰다. 차는 미끄러지듯 빠져나와 척산 온천을 지나고 있었다.

연우가 갑자기 생각난 듯 말했다.

"그런데요, 놀라운 것이 하나 있습니다. 지금 가시는 팩트하우스의 공중목욕탕을 지을 때 그곳에서 온천이 터졌어요. 이제 그곳의 우리는 모두 자연이 준 온수를 마음껏 쓸 수 있습니다. 원래 그 근처가 아주 옛날엔 온천이었다더군요. 검사해보니 최고 수준의 게르마늄 온천이었어요. 신기하지 않아요?"

"정말요?"

명신이 너무 좋은 듯이 높게 말했다.

"그렇다니까요? 신기하지요?"

연우가 백미러를 통해 다시 한 번 웃었다.

운하는 저런 착한 아이 같은 청년이 수천억 원대의 자산가라니 신기했다. 지금 운하 주위에선 신기한 일들이 계속 일어나고 있는 셈이다.

차는 외옹치를 왼쪽에 끼고 대포항을 지나고 있었다. 운하와 명신은 다시 한 번 서로의 손을 꼭 잡았다. 서로의 마음이 전해져 왔다. 그 날 명신을 처음 보고 4년이 지나 그녀와 결혼을 한 지금, 두 사람은 변호사 사무실을 폐업하고, 학교를 사직하고, 가방 몇 개만 가지고 미지의 산 속으로 들어가는 중이었다. 그들이 팩트하우스라 부르는 평화 타운으로. 하지만 운하는 이미 명신의 품 안에서 평화로운 것을 명신은 알고 있었다. 왼쪽으로 탁 트인 동해의 파란 바다가 마치 그림 같이 열렸다. 연우가 혼자 탄성을 질렀다. 그는 능숙한 솜씨로 물치항을 지나 바로 긴 다리 끝에서 우회전하여 강현면 면사무소 옆으로 해서 지금은 군용 비행장으로 쓰고 있는 작은 활주로를 지나고 있었다. 옆으로 작은 강과 생각보다 큰 푸른 논이 스쳐 지나갔다. 이 길은 옛날 동네 사람들만이 알았던 한계령으로 가는 샛길이었다.

"이제 거의 다 왔습니다. 한 달쯤 전에 공사를 다 마무리하고 선착순으로 85명의 팩티스트와 직원들, 다해서 100여명이 입주 완료하여 지금 생활하고 있습니다. 제일 높고 제일 바다가 잘 보이는 집을 선지자님들 몫으로 비워 뒀습니다. 지금 다들 모여 기다리고 있어요. 두 분이 오셔서 저는 너무 기쁩니다."

연우는 정말 기뻐 들뜬 것처럼 보였다.

바로 머리 위에 설악산의 정상 대청봉이 손에 잡힐 듯 있었다. 뛰어서 10분이면 올라갈 것도 같은 착각이 들었다. 바로 그 밑에서 우회전하여 작은 언덕을 돌아 들어가니 놀랍게도 밖에서는 보이지 않게 초록색 넓은 들판이 그 안에 숨어 있었다.

"다 왔습니다. 바로 여기입니다."

연우가 말을 하며 차를 세웠다. 입구엔 두 나무 기둥 위에 영어로 'Fact House'라고 써져 있었다. 경비복을 입은 한 사람이 연우를 알아보고 아는 척을 하며 문을 열어 주었다. 울타리는 없었다. 바로 들어가니 오른쪽에 십여 대의 승용차가 주차된 주차장이 넓게 있었고, 왼쪽엔 운동장인 듯 둥근 트랙 안에 잘 정돈된 잔디가 보기 좋게 깔려 있었다. 몇몇 사람이 트랙을 돌다 연우의 차를 알아보고 손을 흔들어 주었다. 연우는 차를 바로 주차장에 세우지 않고 안으로 들어가면서 창밖을 보며 설명을 해 주었다.

"왼쪽의 저 운동장 뒤 초록색 건물은 아까 말씀 드린 온천 목욕탕이고요, 오른쪽의 저 건물은 컴퓨터 부품 조립 공장입니다. 목욕탕 뒤에는 유기농 텃밭이고요, 저 앞의 컨테이너들이 우리들의 숙소입니다. 그 뒤 산속으로 산책로와 등산로가 있습니다. 커피숍 같은 쉼터도 있고요."

운하와 명신의 눈엔 지금 장관이 펼쳐지고 있었다. 저 앞 들판 끝에는 설악 대청봉이 올려다 보이고, 그 바로 아래엔 수십 개의 형형색색 컨테이너들이 마치 추상화의 한 조각처럼 무질서하면서도 아름답게 때론 하나로, 때론 두 개로, 때론 세 개로, 켜켜이 쌓이거나 펼쳐져 있었다. 누군가의 설치 예술품인 것이 분명해 보였다. 그 바로 앞엔 끝도 안 보이는 텃밭이 있었고, 6월의 정오처럼 풍성하게 각종 야채와 먹거리들이 자라고 있었다. 아까 말한 공중목욕탕은 마치 스위스 언덕의

한 옛집처럼 아름답게 텃밭과 운동장 사이에 있었다. 모든 것이 한 폭의 그림이었다.

"참 좋네요. 모두들 수고하셨네요. 특히 회장님이 수고하였겠어요."

운하가 감탄하며 진심으로 말했다.

그들은 정말 멋진 곳을 만든 것이었다. 말 그대로 평화의 타운이었다.

"수고는요…. 그리고 회장님은 무슨요…. 저는 선지자님을 이곳에 모시게 되어 정말 너무 행복합니다. 우리 모든 팩티스트들은 선지자님을 진짜 하늘이 보내주신 메신저라고 생각합니다. 저는 이연우라고 합니다. 제 회사가 지금 큰 매출을 올리고 있는 것은 사실이지만 제겐 모든 것이 재미있는 게임일 뿐입니다. 전 이제 나이가 32살입니다. 제가 선지자님보다 어리니까 그냥 동생으로 여기시고 이름 편하게 부르셔도 됩니다. 그래야 모두 편합니다. 저도 저 컨테이너 하나에서 살거든요."

연우가 웃었다. 명신이 운하의 손을 꽉 잡았다. 두 사람이 눈이 마주쳤다. 문득 저 청년은 천재가 있다면 바로 진짜 천재이겠구나 하는 생각이 들었다. 연우는 운하의 반응엔 상관없다는 듯이 차를 깨끗이 정돈된 하얀 2층 건물 앞에 세웠다.

"여기가 식당입니다. 2층은 회의실입니다. 지금 이곳 팩트하우스는 7명의 운영위원들이 모든 운영과 재산을 관리하고 있습니다. 지금 선지자님을 기다리고 계십니다. 얼른 들어가시지요."

연우가 내리면서 명신을 보고 어린아이같이 웃었다. 세 사람이 차에서 내리자 기다렸다는 듯이 식당에서 사오십 명의 사람들이 나와 그들을 맞아주었다. 간간이 박수를 치는 사람도 보였다. 운하와 명신은 당황한 듯 얼굴을 붉히며 고개 숙여 인사했다. 두 사람에겐 이제 진짜 새로운 인생이 시작된 것이었다.

2층 회의실엔 큰 일인용 소파 10개가 원형으로 놓여 있었고 각 자리마다 작은 테이블이 하나씩 앞에 있었다. 세 사람이 들어서자 소파에 앉아 있던 일곱 사람이 동시에 일어서며 박수로 그들을 맞아주었다. 운하와 명신은 순간 그 위압감에 감정이 혼란스러웠다. 그때 박진덕 목사가 두 사람에게 다가오며 반갑게 악수를 청했다.

"반갑습니다. 오늘 우리의 팩트하우스에 입주하신 것을 환영합니다."

운하는 악수를 하며 우리의 팩트하우스라는 말이 참 생경스러웠다. 언제 우리가 이리 많아지고 이런 곳까지 만들어지고 있었는가? 두려웠다. 운하는 자신이 생각했던 것보다 훨씬 더 빠른 속도로 'FACT'는 스스로 진화하고 있는 것을 느꼈다. 연우는 자신도 7인의 운영위원인 듯 당당히 자신의 자리에 가서 앉았다. 엉거주춤 서있는 두 사람을 박 목사가 소개했다.

"여러분. 우리 모든 팩티니티의 유일한 선지자이신 김운하 선지자님과 사모님을 소개합니다."

박 목사는 명신을 눈으로 물었다.

"제 아내, 최명신입니다."

운하가 대신 대답했다.

"『소설 팩트』의 김해옥 선생님이시지요?"

"네."

명신이 박 목사의 눈을 피하지 않고 말했다.

다시 위원들이 자리에서 일어서며 박수했다.

박 목사는 두 사람을 빈 소파에 각각 안내하였다.

"오늘 우리에게 팩티즘을 알려주신 유일한 선지자이신 김운하 선지자님과 사모님이신 최명신 선지자님이 입주하심으로, 드디어 우리 팩트하우스는 완성되었습니다."

모두가 기쁜 얼굴로 박수를 쳤다.

"그럼, 일곱 분의 운영위원을 소개하겠습니다. 먼저, 세계 최대의 온라인 콘텐츠 그룹인 맥스의 이연우 회장님을 소개합니다."

연우가 일어나 인사했다.

"다음은 우리에게 'FACT'를 결정적으로 소개해 주신 하나출판사의 실질적 사주이자 작가이시기도 한 최민우 편집부장님을 소개합니다."

민우가 일어나 인사했다.

"다음은 한국대학교 물리학 교수이신 강희철 교수님이십니다."

40대 초반의 날렵한 정장 차림의 강 교수가 일어나 인사했다.

"다음은 전직 고위 경찰 간부였던 오윤근 님이십니다."

60대의 오윤근 운영위원이 일어나 인사했다.

"다음은 치악산 금강선원의 원장님이신 재승 스님이십니다."

재승 운영위원이 일어나 인사했다.

"다음은 중학교 교장 선생님으로 정년퇴임하신 전명민 선생이십니다."

가디건을 입은 약간은 배가 나온 점잖은 노신사가 일어나 인사했다.

"그리고 인천에 있는 소망교회의 당회장을 맡고 있는 저는 박진덕 목사입니다."

박 목사는 말을 이었다.

"이렇게 일곱 분이 우리 팩트하우스의 모든 운영과 재산을 관리하고 있습니다. 회장은 따로 없고, 모든 것은 만장일치로 결정합니다."

운영위원들이 박수로 동의했다.

"그리고 또 한 분, 우리 이곳 팩트하우스의 안살림을 도맡아 주시는 이미연 총무님을 소개합니다."

미연이 일어나 인사했다. 운하가 언젠가 박 목사의 교회 사무실에서 보았던 그 여선교회 회장이라던 여집사였다.

박 목사는 말을 이었다.

"우리 팩트하우스는 지금 입주 팩티스트 85명과 유니폼을 입은 유급 직원 20명이 같이 생활하고 있습니다. 85명 중엔 20, 30대가 32명, 40대 이상이 53명이시고, 솔로 입주자가 15명, 부부 입주자가 35쌍이 계십니다. 모두 무료 선착순으로 입주하셨고, 앞으로 이곳에서의 생활도 전부 무료입니다. 그리고 이곳 팩트하우스에서의 생활에서는 모든 것이 자유롭습니다. 어떤 규칙도, 제약도, 강제도, 일정도 없습니다. 공장과 텃밭이 있지만 그것도 자유입니다. 식사시간은 따로 없습니다. 언제든지 시장하실 때 24시간 언제든지 가시면 직원이 준비해 드립니다. 온천 찜질방 역시 24시간 마찬가지입니다. 술, 담배도 남에게 피해만 주지 않는다면 금하지 않습니다. 우리 팩트하우스는 종교적 집단이 아닙니다. 그냥 같이 평화롭게 사는 곳입니다. 어떤 종교도 남에게 강요하거나 소음이나 각자의 의식 등으로 남에게 피해만 주지 않는다면 다 자유롭습니다. 우리 팩트하우스에서는 어떤 종교적 행위도, 금기도, 일정도, 의식도, 의무도 없습니다. 그리고 지금까지의 모든 건설 자금은 전부 이연우 회장님 1인이 기증하신 것입니다. 그리고 앞으로의 모든 운영자금 역시 이연우 회장님이 일절 책임지기로 하셨습니다."

박 목사는 길게 지금까지의 과정을 운하와 명신에게 설명했다. 동시에 다른 모든 운영위원들에게도 다시 한 번 동의를 확인하려는 듯 보였다. 그러나 운하의 귀엔 무엇보다 지금 박 목사의 말 중엔 유난히도 우리란 단어가 많다는 것이 느껴졌다. 문득 자신과 명신이 그 우리 속에 들어가 있는지가 궁금했다.

모든 사람들은 기쁨의 박수로 화답했고, 바라보는 연우의 얼굴엔 진짜 기쁨과 즐거움이 배어 나왔다. 그는 이 일로 자신의 성공과 재력이 자신의 삶에 의미로 비로소 느껴지는 것처럼 즐거워 보였다. 운하는 그동안 그가 많이 외로웠나보다 생각했다.

운하와 명신은 이미연 총무의 안내를 받으며 완만한

언덕을 올라 배정 받은 숙소로 향했다.

 이미 저녁이 가까워 6월의 산바람이 시원했다. 언덕
에 올라보니 다시 넓은 잔디로 잘 정돈된 평지에 고급
스럽게 색칠된 수십 개의 사각 컨테이너집들이 무질서
한 듯하면서도 아름답게 있어야 할 공간에 꼭 위치하여
펼쳐져 있었다. 두 사람의 탄성이 저절로 동시에 터져
나올 정도로 멋진 장면이었다. 고개를 왼쪽으로 돌리니
멀리 동해바다가 아련히 펼쳐진 들판의 끝에 파랗게 있
었다. 운하와 명신은 서로 눈이 마주쳤다. 두 사람은 만
족한 얼굴이었다. 꼿꼿한 허리에 늘씬한 바지 차림의
정장을 한 이미연 총무가 웃는 건지 아닌지 모를 표정
으로 사무적으로 말했다.

 "두 분이 오셔서 저희들은 너무 좋습니다. 여기선 모
두가 자유롭게 밖으로 다닐 수 있고, 밖에서 일을 하셔
도, 출퇴근을 하셔도 되고, 어떤 제약도 없어요. 다들
그렇게 하세요. 그러시니 선지자님들께서도 편안히 계
세요. 그리고 뭐든 필요한 것이 있으시면 제 휴대폰으
로 전화하세요. 여긴 너무 넓어서 못 찾아요. 운영위원
회에서 특별히 두 분 선지자님께는 어떤 제약도 없이

전부 필요하신 것을 제가 제공하도록 지시를 하셨어요. 그러시니 필요하신 것을 언제라도 다 말씀해 주세요. 여기에서 팩티스트는 누구나 다 같은 종류의 이 숙소만을 사용하십니다. 직원들은 따로 직원동이 있고요. 선지자님께는 따로 승용차가 한 대 배정되었습니다. 내일 아침에 숙소 앞에 세워 둘 테니 편히 사용하시면 됩니다. 바닷가에 바람도 쐬시고, 필요하시면 서울에도 다녀오시고 하세요."

이 총무는 얘기가 다 끝났는지 이제야 방긋 웃었다. 참 고상한 미인이란 생각이 두 사람은 문득 들었다.

운하는 아직도 실감이 나지 않았다. 원래 정오정 목사님이 하고 싶었던 것이 이런 것이었을까? 살아계셨으면 자신이 이 모든 것을 했을까? 운하로선 상상도 못한 세상이 있었고, 그것이 지금 자신의 삶 깊숙이 들어오고 있는 것을 인정할 수밖에 없었다.

"여긴 따로 식사 시간은 없지만 대부분 오후 7시쯤에 저녁을 드세요. 좀 쉬셨다가 내려 오셔서 식사도 하시고 온천도 하세요. 그리고 저희들에게 『소설 팩트』를 쓰시고 팩티즘을 우리에게 전해주신 그 뒷이야기들을 직접 해 주세요. 다들 기대가 너무 커요."

친절하게 인사를 하고 이미연 총무가 나갔다.

바다 쪽으로 난 큰 창밖으로 멀리 6월의 저녁 바다가 아스라이 보였다. 창틈으로 향긋한 풀 내음이 들어왔다. 운하는 명신을 보았다. 크지 않은 단아한 몸집의 이 아름다운 여인이 자신의 아내가 된 것이 운하는 신기하고 사랑스러웠다. 변호사 사무실 문도 닫고, 학교도 퇴직하고, 두 사람은 지금 이곳에 들어왔다. 한 가정으로, 부부로, 동료로…. 운하는 앞으로 이곳의 생활이 기대가 되었다. 운하는 조용히 명신의 작은 어깨를 감싸 안았다. 명신이 올려 봤다. 운하의 입술이 명신의 얇은 입술에 포개졌다. 잠깐의 시간이 오랫동안 이어졌다.

숙소를 나온 두 사람은 길 양쪽에 잘 가꾸어진 화단 사이로 언덕을 내려와 바로 이어져 있는 하얗고 깨끗한 식당으로 들어섰다. 생각보다 넓은 식당은 조금은 늦은 시간인데도 사람들로 제법 북적였다. 여러 종류의 뷔페식으로 마련된 요리들은 깨끗한 유니폼을 입은 몇몇 여

직원들이 예의바르게 배식을 하고 있었다. 운하는 상상 이상으로 잘 정돈된 고급스러운 식당의 풍경에 내심 놀랐다. 삼사십 명은 족히 되어 보이는 사람들이 평화롭게 식사를 하고 있었다. 이미 운하와 명신의 입주를 알고 있는 듯 두 사람을 발견하고는 박수를 치면서 반갑게 맞아 주었다. 몇 사람은 자리에서 일어나 두 사람을 자리에 안내해 주었다. 모두 깨끗한 옷차림에 우아하고 교양 있어 보이는 부류의 사람들로 보였다. 운하는 의외라는 듯 다시 한 번 내심 놀랐다. 운하는 처음 박 목사의 초대를 받았을 때 이곳이 무슨 요양원이나 노인 수양원 정도일 거라 여겼지만 잠깐 반나절을 지냈는데 이곳은 그의 상상을 완전히 깨는 환경과 분위기였던 것이다. 마치 외국의 고급 리조트를 방불케 하는 시설과 분위기와 사람들이었다. 넓은 잔디와 운동 시설, 각종 채소가 심겨진 텃밭, 뒤로는 바로 닿은 설악산, 앞에는 멀리 들판 너머 보이는 파란 바다…. 말 그대로 최고 수준의 장소였던 것이다. 운하는 지금 현실감을 전혀 느낄 수 없었다. 그 날 새벽 무작정 속초행 버스에 올랐던 이후 지금까지의 모든 일들이 마치 다른 사람의 인생

궤적을 무의식적으로 따라온 듯했다. 그는 어느새 41살
이 되어 있었다. 그러나 그는 지금 그 어느 때보다도
이 순간이 가장 행복하고 평화롭고 의미가 있었다. 신
기했다.

두 사람은 사람들과 인사를 나눈 뒤 식사를 마치고
식당에서 나와 공중목욕탕으로 향했다. 오른쪽에 텃밭
을 끼고 그 사이로 난 오솔길을 따라 걸었다. 이제 어둑
해지는 들판의 풀 향기가 상큼했다.

"괜찮아요?"

운하가 명신의 손을 잡고 웃으며 물었다.

"네. 좋아요. 저는."

명신이 차분히 말했다. 그래도 그녀의 말 속엔 어쩔
수 없는 긴장감이 묻어 나왔다. 명신도 새로운 생활에
조심스러운 듯 했다. 텃밭 끝에 그림 같이 아름다운 공
중 온천탕이 보였다. 주변에 하나씩 가로등이 켜지고
그 불빛에 더 운치가 있어 마치 한국이 아닌 어떤 나라
의 다른 풍경인 것 같았다. 운하는 이연우라는 청년사
업가의 상상력과 큰 스케일에 놀랐다.

두 사람이 온천탕에 들어서니 마치 호텔사우나와 같

은 로비가 있었고, 유니폼 차림의 남자 직원이 반갑게 맞아 주었다.

"어서 오세요. 여긴 24시간 열려 있고, 언제든지 사용하실 수 있습니다. 필요하신 건 들어가시면 뭐든 다 무료로 제공하고 있습니다. 그럼, 편히 쉬십시오."

운하가 탕에 들어서자 서너 명의 남자들이 한가로이 온천욕을 즐기고 있었다. 그를 알아보고 눈인사로 아는 척을 해주었다. 운하는 간단히 샤워를 하고 안내판을 따라 찜질방으로 갔다. 명신은 아직 나오지 않은 듯 보이질 않았다. 넓은 중앙 홀에 두런두런 사람들이 서로 팀을 이루어 담소를 하고 있었다. 운하를 보고는 눈을 맞추어 웃어 주었다. 그때 저쪽에서 손을 들어 운하를 부르는 사람들이 있었다. 운영위원들이었다. 박 목사와 연우는 보이지 않았다. 운하가 다가가 인사했다.

"안녕하세요?"

"네. 오늘은 모두 일부러 안 나가고 있었습니다."

강희철 교수가 인사를 받아 주었다. 자신들은 밖의 일들이 있고 바쁘기도 하여 항상 이곳에 있지는 못한다 했다. 이곳에 입주한 팩티스트들은 전부 같은 입장이지만 이곳에서 마음의 평화를 얻고 서로 좋은 대화를 통하여 치유 받고 있다고 했다. 옆에 있던 전명민 교장 선생님과 전직 고위 경찰관이라던 오윤근과 재승 스님이 같이 눈인사를 해주었다. 운하는 그들에게서 절제된 근엄함 같은 것을 느꼈다. 보기 좋았다. 나쁜 사람들 같지는 않았다.

"선지자님이 'FACT'를 세상에 알려주어 우리가 지금 이런 좋은 시간과 관계를 가지고 있습니다. 고맙습니다."

풍채가 넉넉한 전명민 선생님이 온화한 웃음을 지으며 말을 이었다.

"우리는 전부 종교도 다르고, 생각과 환경도 다릅니다. 그러나 지금은 전부 'FACT'라는 하나의 고리로 연결되어 있습니다. 저는 크리스천입니다."

"네에…."

운하는 고개를 끄덕였다.

"저도 평생 성경을 읽으면서 『소설 팩트』에 나오는 이영문 목사님과 같은 의문점 때문에 감성으로만 교회에 다니고 있었습니다. 그러나 이젠 'FACT'를 통해서 그동안의 모든 신앙적 의문점들이 해결되었습니다. 무엇보다도 저는 이 우주에서 사랑이라는 개념과 인간의 육체가 얼마나 소중한지를 알고 내 마음이 곧 천국이요, 그것은 생각인 것을 이해하게 되었습니다. 제게 과학과 종교가 비로소 합치가 된 거지요. 지금 이곳에서 저는 진정한 크리스천으로서의 신앙생활을 비로소 하고 있습니다."

60세는 족히 넘어 보이는 퇴임하신 점잖은 중학교 교장 선생님이 진지하게 말했다. 운하는 순간 자기도 모르게 고맙다고 생각을 했다. 'FACT'를 세상에 알린 자신의 행동이 틀리지 않았음이 마음에 와 닿았다.

"맞습니다. 저는 무신론자이고 대학에서 물리학을 가르치는데, 온 우주에서 지구라는 이 아름다운 별에서 생각하고 느낄 수 있는 인간으로 만들어져, 이 아름답고 신기하고 놀라운 경험을 하고 있는 지금 이 순간이 너무 소중하고 감사하고 행복합니다."

강 교수가 말하자 재승이 말을 이었다.

"맞습니다. 온 세상의 모든 사실들이 모이고 서로 얽히면서 개념이 만들어지고, 그 개념에 의미를 부여하면 관념이 되지요. 그것은 철학으로 불리기도 하고 종교라 하기도 하지요. 마찬가지로, 인간의 행복이라는 것도 실은 그 실재가 없어요. 인간에겐 단지 쾌감과 통증만이 실재해요. 행복이란 자신이 생각하기 나름이란 얘기예요. 그것이 바로 마음공부이고, 이것이 바로 제겐 깨달음이고 본시 내가 부처인 것을 알게 된 것이지요. 오직 '팩트'로만 난 무소의 뿔처럼 혼자 가게 된 것입니다. 맑은 정신으로 저 바다와 저 산을 보면서 어떤 것에도 몸과 마음을 뺏기지 않고 나를 지키는 것이지요. 먼지로 사라졌다 다시 다른 먼지와의 조합으로 환생을 꿈꾸면서요."

역시 나이를 가늠할 수 없는 재승 스님이 깊은 눈을 반짝이며 웃었다. 운하는 인사동에서 독자와의 대화시간에 그를 봤던 기억이 났다.

운하는 숙소로 향하는 가로등 아래 오솔길을 명신과 함께 오르면서 오늘은 두 사람의 인생에 참 중요한 날인 것을 느꼈다.

"온천 어땠어요?"

운하가 물었다.

"참 좋았어요. 진짜 온천이에요. 신기하지 않아요? 이곳 공중목욕탕을 지을 때 온천이 나오다니요."

명신은 진짜 신기한 듯 운하를 올려보며 아이처럼 말했다. 운하는 지금 자신이야말로 진정한 치유를 받는다고 느꼈다. 아까 운영위원들과의 깊은 대화도 그를 평안하게 해주었다. 운하는 오늘 이곳에 세상 모든 것을 다 버리고 명신과 가방 몇 개만 들고 들어온 것이 잘한 일이라고 생각했다.

"후회하지 않아요?"

운하가 명신의 발그레해진 얼굴을 내려 보며 말했다. 명신이 '뭘요?' 하는 표정으로 쳐다보았다.

"오늘 우리가 이곳에 들어온 것을 후회하지 않아요?"

운하가 다시 물었다. 명신이 웃었다.

"글쎄요. 전 괜찮아요. 저는 사실 이곳이 어쨌든, 무엇이든, 괜찮아요. 상관없어요. 저는 당신과 결혼했고, 당신을 사랑하고, 당신과 지금 같이 있으니까. 그래서 저는 좋아요. 저는 그러면 다 돼요. 여기가 뭐든 상관없어요."

"저도요."

두 사람은 6월 밤의 산길을 걸었다. 아직은 서늘한 밤공기에 두 사람이 잡은 손에서 나온 온기가 들판을 따뜻하게 했다. 언덕을 다 오르자 저 앞 가로등 아래 숙소가 보였다. 밤안개가 내리는 들판 숙소 앞에 햐얀 소형 SUV 승용차 한 대가 주차된 것이 보였다. 두 사람은 서로 마주 보았다. 운하는 연우의 마음 쓸쓸이가 느껴졌다. 숙소의 문을 열고 들어서자 따뜻한 온기가 방 안에 가득했다.

"이제 우리 서로 여보라 불러요."

두 사람이 자리에 눕자 명신이 마음에 품었던 말인 듯 불쑥 말했다.

"저는 어린 시절부터 부모님이 서로 여보라 부르시는 걸 보면서 자랐어요. 저도 언젠가 여보가 생기면 여보라 불러야지 하는 것이 꿈이었어요. 알았죠?"

명신이 부끄러운 듯 운하의 품 안으로 파고들었다.

운하는 그러는 그녀가 아름다웠다.

달빛에 붉게 나온 그녀의 젖꼭지가 그의 얼굴을 간지

럽혔다.

그렇게 그곳에서의 첫날 밤은 깊어 갔다.

모든 것이 좋았다.

블라인드를 걷자 동해의 아침 햇살이 방 안으로 몰려 들어왔다.

"여보. 일어나요."

운하는 다소 과장된 목소리로 명신을 안아 깨웠다. 명신이 햇살에 눈이 부신 듯 어리광스럽게 몸을 뒤틀며 운하의 품으로 파고들다 창밖의 풍경에 탄성을 질렀다.

"여보. 감사해요."

명신이 속삭였다.

두 사람은 식판을 들고 사람들과 눈인사를 나누며 식 당의 한 귀퉁이 자리에 앉았다. 된장국의 구수한 냄새 가 시장함을 더 느끼게 했다. 명신이 운하를 보고 웃었 다. 명신도 지금 실감이 안 나는 듯 마치 여행 온 학생마 냥 이 모든 것이 신기한 표정이었다.

"잘 주무셨어요?"

연우가 큰 소리로 인사를 하며 식판을 든 채로 두 사

람 앞에 앉았다.

"아, 네, 앉으세요."

운하가 식판을 자기 앞으로 당기자, 명신도 고개를
조금 숙여 인사했다.

"잘 주무셨어요? 두 분?"

연우가 기분 좋게 다시 한 번 말했다.

"연우 씨도 어제 여기에서 잤어요?"

"네. 일부러 어젠 여기에서 잤습니다. 어때요? 여기?"

"놀라운데요? 대단합니다. 상상 이상입니다."

운하가 웃었다.

"네. 여긴 저에게도 꿈의 현장입니다."

연우가 마치 어린아이처럼 자랑하듯 말했다.

"선지자님은 마음껏 여기에 그냥 계시기만 하면 됩
니다. 뭐든 말씀만 하시면 다 준비하도록 얘기들 해놨
습니다. 아무 걱정도 마시고 그냥 두 분이 행복하게 사
십시오. 저는 그것만으로도 대만족입니다."

운하는 연우를 쳐다보았다.

"그런데 이 모든 아이디어는 누구에게서 나온 거지
요?"

"아이디어요?"

"네. 이곳을 이렇게 만들자는 아이디어는 누가 내신 거예요?"

"박진덕 목사님이요."

연우는 쉽게 말하고 기분이 좋은 듯 주변을 둘러보았다. 사람들이 연우에게 인사를 해 주었다.

"그래요? 박 목사님은 원래 아시던 분이세요?"

"그때 하나 출판사에서 작가와의 대화시간에 처음 박 목사님을 뵈었어요. 그 후 SNS상에서 몇 분의 팩티스트들과 함께 대화를 나누면서 가까이 알게 되었지요."

"네. 그러세요?"

운하는 의외였다. 정말 단지 『소설 팩트』로 인한 만남이 이런 큰 프로젝트를 만들어냈다는 것이 믿지 못할 정도로 놀라웠다.

"연우 씨는 결혼은 했어요?"

"아뇨. 아직 입니다. 사모님 같은 소울 파트너가 없어서요. 생기면 저도 바로 결혼할 겁니다."

연우는 크게 웃었다. 그 얼굴에서 노련한 사업가의

표정이 잠시 스쳐지나갔다. 연우가 말을 이었다.

"처음 박 목사님이 이런 팩트하우스를 만들어 보자 하셨을 때 저는 참 좋은 생각이라 여겼습니다. 저야 돈은 또 벌면 되거든요. 그땐 저도 뭔가 저 자신이 빠질 수 있는 어떤 것을 찾고 있었습니다. 많은 분들이 뜻을 합했고, 이제 『소설 팩트』의 작가님이신 선지자님 내외분도 합류하셨으니 굿입니다. 여기 계신 팩티스트들은 대부분 작가나 화가 등 예술가, 교수, 저 같은 사업가, 공직에 계셨던 분들, 대학원생… 뭐 이런 분들입니다."

"박 목사님도 대단하시네요. 두 분이 잘 만나신 것 같습니다."

운하가 진심으로 말했다.

"네. 그분은 지금 세계 팩티니티 연합회를 조직해서 총회장직을 맡고 계세요. 대단하시지요?"

연우는 마치 이런 이야기들을 하고 싶어 어제 이곳에서 잔 것처럼 보였다. 운하는 속으로 웃었다.

"두 분 식사하시고 바닷가나 구경 다녀오세요. 시내 구경도 하시고요. 차는 제가 숙소 앞에 한 대 두었습니다. 편하게 사용하세요."

"아, 네. 어제 봤습니다. 우리 차는 여기 내려올 때 다 처분했거든요."

세 사람은 즐겁게 식사를 마쳤다.

"여보, 여긴 꼭 배부른 부르주아들의 사랑방 같지 않아요?"

운하가 부드럽게 핸들을 꺾으며 신기한 듯 말했다.

"그래요. 당신은 그들의 교주가 되어가고 있고요."

명신이 웃었다. 명신은 이미 이 모든 상황을 예견이라도 한 듯 자연스럽게 받아들이고 있는 것처럼 보였다. 하지만 운하는 생경하고 서먹한 이 상황이 못내 불편했다.

"하긴 아니라고 말할 수도 없어요. 이미 반쯤은 내가 그렇게 된 것 같으니까요."

운하는 왼쪽에 강을 끼고 작은 비행장을 지나 7번 국도에 올라 북으로 향했다. 아침의 파란 바다가 상쾌했다. 그 위에 하얀 구름이 저쪽 바다 끝에 살짝 걸려있었다. 물치항을 지나자 바로 대포항이 나왔고 그와 붙은 외옹치가 보였다. 운하는 해변도로를 타기로 하고 대포항으로 들어가 외옹치 고개를 넘어 속초해수욕장 쪽으로 들어섰다.

운하가 뜬금없이 물었다.

"종교가 뭐지요? 여기가 지금 종교단체인가요?"

명신이 조금은 의외인 듯 잠시 운하를 보더니 그의 마음을 알았다는 표정으로 진지하게 대답했다.

"상식적으로 종교는 숭배와 경배, 기원의 대상이 있는 것을 말하죠. 그런 대상이 없으면 종교가 아닌 거예요."

"자신들이 믿는 신들이요? 그런데 여긴 찬송가도, 설교도, 일천배도, 기도도 없어요."

"네. 신들이요. 그리고 그건 종교행위이지 종교 그 자체는 아니에요."

"하지만 그 신이 우리 인간 자신이라면 얘기는 틀려지잖아요? 우리 인간 자신 속에 있는 영성이나 불성을 찾아가는 과정이 바로 신앙생활의 근본 아닌가요?"

"…?"

명신이 다시 물끄러미 운하를 바라보았다.

"그리고 예수가 우리 인간에게 하나 분명히 가르쳐 준 것은 자신의 살과 피를 먹고 마시라 한 거예요. 떡과 포도주였어요. 그것이 바로 성찬식이고, 교회 예배 그 자체잖아요? 그 의식을 통해 자신을 우리 몸속에 받아들이라 했어요. 우리 몸을 산제사로 하나님께 드리라는 거예요. 재미있지 않아요? 바로 팩트예요."

"그 얘기는 예수님이 바로 하나님과 하나이고, 우리도 성령으로 하나님과 하나가 된다는 얘기예요. 그 성령은 사랑이고요."

"그렇다 해도 그것은 결국 그들이 우리의 몸을 원한다는 거잖아요?"

"…?"

명신이 왜 그러느냐는 듯 조금은 원망스런 눈빛으로 운하를 쳐다보았다. 잠시 둘의 눈이 어색하게 마주쳤다. 운하가 웃으며 한 손으로 명신의 손을 꼭 잡았다. 명신도 웃어주며 운하의 목에 아이처럼 키스했다. 두 사람은 차를 세우지 않고 외옹치를 넘어 아직은 철 이른 해수욕장을 지났다. 멀리서 온 외지인들이 간간이 서로 사진을 찍고 모래사장을 정답게 걷고 있었다. 운하는 명신을 보았다. 명신이 쑥스럽게 말했다.

"우리 처음 본 날 기억나세요?"

"그럼요. 그날 당신을 처음 보고 난 실감이 나지 않았어요. 꼭 그림 같았어요. 꿈에 나오던 그림요. 지금도 그래요. 사실은."

명신이 웃었다.

운하는 그녀가 말이 참 없는 사람이라 생각했다.

그러나 그녀는 마치 어머니와 같이, 어떤 때는 여동생과도 같이, 이제 그에게는 그냥 그대로가 자신과 하나인 평화로운 사람이었다.

"오늘 우리 이 길 끝까지 갈까요? 더 이상 갈 데가 없는 곳까지 북쪽으로 쭉 가 봐요. 뭐가 있는지."

그는 청초호를 끼고, 속초 바다 위를 가로지르는 고가도로를 지나, 그 끝의 동명항과 영금정, 등대를 옆으로 해서, 봉포까지 갔다. 때 묻지 않은 원시의 물컹한 바다냄새가 그대로 차안으로 들어왔다.

"내 인생을 통틀어 지금 이 순간이 가장 진짜 내 인생이네요. 해피엔드!"

운하는 행복했다.

명신은 그런 운하가 사랑스러운 듯 평화롭게 쳐다봤다.

그날 그들은 마치 동양화의 한 폭 같은 송지호를 지나, 간성으로 해서 옛날 흑백사진의 한 장면 같이 아름다운 거진항과 화진포까지 올라갔다. 올라 갈 때는 바다가 오른쪽에 있었는데, 내려올 땐 바다가 왼쪽에 있었다. 인생은 그런 거였다.

그들은 다시 팩트하우스로 들어서며 그곳이 단 하루 지났을 뿐인데도 따뜻한 안정감을 느꼈다.

입구를 들어서 공장을 지나며 운하가 말했다.

"우리 내일부터 저 공장에서 일해요."

"네. 좋아요. 당신과 같이 한 작업대에서 공장 일을 하면 참 좋을 것 같아요. 정말 하고 싶어요."

그곳에서의 두 번째 밤은 그렇게 지나갔다.

그리고 또 두 번의 겨울이 지나고 봄이 왔다.

들판엔 봄나물이 지천에 자라고 오천 평은 족히 넘는

텃밭엔 모두들 나와서 각종 채소들을 심느라 바빴다. 운하와 명신도 이젠 일상이 된 공장 일과 텃밭에서의 노동에 나름 바쁘게 지내고 있었다. 그곳은 마치 이스라엘의 키부츠나 어느 환경운동가의 영적인 공동체와도 같은 분위기였다. 그곳의 사람들 역시 평화와 안정을 누리는 듯 보였다. 신기하게도 여러 종교인들이 각자의 종교를 지키면서 전혀 문제없이 한 마을을 이루어 가고 있었다.

그동안 컨테이너 숙소가 50개 더 만들어졌고 팩트하우스에 등록된 외부 팩티스트들도 일만 명이 넘었다고 했다. 그들을 위해 단기적으로 머물 수 있는 공동숙소가 특별히 마련되었고 누구든지 와서 며칠씩 머물다 가곤 했다. 이미연 총무는 나이에 걸맞지 않게 이 모든 일을 능수능란하게 처리하고 있었다. 그동안 연우는 인간이 아바타를 만드는 것이 아니라 인간이 바로 그들의 아바타요, 그들의 부활이었다는 것과 신들과 귀신들의 인간 육체 쟁탈전, 또 인간의 기억만 따로 떼어 내서 기계에 저장하거나 다른 뇌에 그대로 복사하는 것 등, 'FACT'의 내용으로 여러 장르의 새로운 문화 콘텐츠를

상업화시켜 나가고 있었다. 역시 그는 젊은 감각의 천재 사업가였다. 박진덕 목사도 인천의 요지에 그의 소원대로 새로운 대형 교회건물을 건축하여 제1호 팩티스트 처치로서의 위상을 높이고 있었다.

운하는 옆에서 같이 작은 고추 묘목을 심고 있는 명신에게 다정히 물었다.

"여보. 힘들지 않아요?"

"아니요. 이 모든 채소는 당신도 드실 음식이에요."

명신이 찡긋 웃었다.

모든 것이 좋아 보였다.

하지만 운하는 뭔지 모르는 불안감이 그의 가슴 한가운데 조금씩 자라고 있는 것을 느꼈다. 이 아름다운 평화가 이래도 되는 건가? 이 모든 사랑이 영원히 갈까? 우리는 모두 지금 잘하고 있는 건가? 이것이 모든 인생의 정답인가? 언젠가는 깨지지 않을까?

… 이유는 없었다. 예감이었다.

옆의 명신을 보니 그녀는 이미 모든 것을 다 알고, 다 감당하고, 다 담은 것 같은 표정으로 운하를 보았다.

그녀는 갑자기 주위를 둘러보더니 작은 소리로 말했다.

"여보. 오늘 저녁에 우리 둘이 아무도 모르게 밖에 나가서 회 사먹을래요? 제가 사드릴게요."

그녀는 운하의 마음을 눈치라도 챈 듯 살짝 말했다.

"하하하…."

운하는 큰 비밀이라도 말하는 듯한 명신의 모습에 자신도 모르게 큰 웃음이 나왔다. 들판 주변에는 그 둘 뿐이었다.

"알았죠? 오늘 저녁 드시지 마세요. 말 잘 들으면 맥주도 한 잔 사드릴 수 있어요."

명신이 예쁜 얼굴로 말했다. 운하는 순간 모든 상념에서 깨어나 다시 흙과 바다와 하늘과 산을 보았다. 봄 기운이 완연한 한낮의 대지는 모든 것이 따스한 생명 그 자체였다.

그 한가운데에 보석과도 같이 명신이 있었다.

그때, 수건을 머리에 두르고 흙 묻은 작업복 바지를 무릎까지 걷어 올린 유명한 금속공예가인 김 여사가 후덕하고 인상 좋은 웃음을 지으며 손에 묻은 흙을 털어 내면서 밭이랑 사이로 두 사람에게 다가와 조금은 어색

한 듯 말했다.

"선지자님. 오늘 저녁 식사하시고 내외분이 온천장에 좀 들리시겠어요? 저희들 그룹홈이 있거든요. 정식으로 초대합니다."

운하는 미안한 표정으로 잠시 전 명신과의 저녁 약속을 떠올렸다.

"아! 오늘 저녁은 좀 그런데요? 저희들이 다른 계획이 좀 있어서…."

운하가 명신을 쳐다보았다. 그러자 명신이 재빨리 웃으며 말했다.

"아네요. 다음에 하면 되요. 갈게요. 몇 시예요?"

"8시에 크리스털 룸이에요."

지금 팩트하우스에는 열 몇 개의 그룹홈이 자발적으로 운영되고 있었다. 마음에 맞는 몇 사람씩이 모여 각 리더를 중심으로 마음과 생활을 깨끗하고 아름답게 다듬고 있었다. 운하와 명신은 어느 그룹에도 속하지 않았다.

"네. 알았습니다. 시간 맞춰 갈게요."

"그럼 있다 뵙겠습니다."

왔던 길로 웃으며 돌아가는 김 여사를 보며 명신이
말했다.

"우리 식사는 다음에 해요. 다음엔 더 맛난 거 사드릴
게요."

운하가 웃어주었다. 그보다도 그는 지금도 자신이 선
지자로 불린 것이 더 마음에 쓰였다. 시간이 많이 지났
지만 아직도 그는 불편했다. 뭔가 잘못된 것이 분명했
기 때문이었다. 자신이 누구의 메신저란 말인가? 정오
정 목사? 아니면 신으로 불리는 그들? 운하는 신을 믿
지도, 보지도 못했다. 마찬가지로 그는 정오정 목사와
말 한마디도 나누지 않았다. 죽은 후 그 시신만 보았을
뿐이다. 단지 그의 일기 같은 노트만 읽고 그대로 세상
에 알렸을 뿐이었다. 팩트하우스는 종교단체도, 자신은
종교인도 아닌데 무슨 선지자란 말인가? 그가 원했던
건 분명 이런 것은 아니었다. 일이 이상하게 꼬이고 있
었다.

두 사람이 크리스털 룸에 들어서자 8~9명의 중년 남
녀가 예의 바르면서도 자유로운 자세로 둘러 앉아 담소

를 나누면서 그들을 반갑게 맞아 주었다. 모임을 위해 사전에 룸의 온도를 조절했는지 적당한 온도의 실내에 은은한 향기가 묻어 나왔다. 그룹의 리더인 듯 김 여사가 인사를 했다.

"오늘 드디어 선지자님 내외분을 모시고, 또 오늘은 특별히 운영위원님이신 전명민 선생님도 함께 모시고 이런 귀한 시간을 갖게 되어 기쁩니다."

김 여사가 두 사람과 전명민 위원에게 머리 숙여 먼저 인사했다. 뒤이어 전명민 위원이 특유의 사람 좋은 표정으로 인사를 했다. 운하와 명신도 호기심과 기대감에 기쁜 마음으로 인사를 했다.

사람들은 모임이 익숙한 듯 김 여사의 인도로 자연스럽게 자신들의 지난 일들과 어제 오늘 있었던 일들을 스스럼없이 말하고 서로 좋은 방향으로 문제들을 풀어 주고 위로했다. 생각보다 자신들의 세세한 부분까지 아무 거리낌 없이 서로 말하는 그들의 모습에 운하는 자신이 괜히 얼굴이 붉어졌다. 서로의 얘기들이 거의 끝났나 싶을 때에 전명민 위원이 말을 시작했다. 전직 교장선생님다운 묵직한 기운이 느껴졌다. 그는 웃음기 없는 얼굴로 진지하게 말했다.

"우리 팩티스트들은 먼저 모든 망상에서부터 빠져나와야 합니다. 우리가 하는 걱정의 대부분은 있지도 않고, 앞으로 있지도 않을 쓸데없는 걱정들입니다. 그런 것들에 온갖 이유를 붙여 살을 붙이고 그 걱정이라는 망상에 빠져 헤어 나오질 못합니다. 스스로 자신의 지옥을 만들어 그 속에서 괴로운 하루하루를 살아가고 있는 것입니다. 그리고 우리가 희망이나 꿈이라고 착각하고 있는 것도 사실은 많은 것이 욕심입니다. 미래를 예측하는 것은 오직 확률에 의거합니다. 복권도, 도박도, 수익을 얻을 수는 있습니다. 그러나 그 작은 확률을 알고 있어야 합니다. 사람이 과학적으로 콘크리트 벽을 그냥 통과할 수 있습니다. 그러나 수억 번을 부딪치면 한 번 통과합니다. 밤새 기와집을 몇 채나 지었다 헐고 금송아지를 몇 마리나 키웠다 잃어버리고 아침에 괴로워하는 허망한 욕심이라는 망상에서 나와야 합니다. 있는 그대로 보고 맑은 생각으로 감사해야 합니다. 망상에서 빠져 나오는 방법은 자신의 생활과 주변을 단순화시키는 것입니다. 의식주에 충실하고 땀 흘린 노동과 그 결실에 집중해야 합니다. 모든 생명과 아름다운 자연을 사랑하면 어떤 망상이든 바로 사라집니다."

사람들이 고개를 끄덕이며 듣고 있었다. 전명민 위원의 말은 이어졌다.

"그리고 우리는 관념에 빠져 실재를 무시하면 안 됩니다. 그 순간 우리는 바로 헛것이 되어 버립니다. 모든 불만족과 괴로움의 근원이 되기 때문입니다. 우리 가슴속에 있다는 마음도, 영혼도, 실재로는 어디에도 없습니다. 눈에 안 보이는 것이 아니라 없는 것입니다. 모든 것은 뇌의 활동에 의한 생각일 뿐입니다. 있다면 누구나 죽은 후에야 기억된 정보로 만들어 집니다. 생전에는 망각된 기억의 조각들이 흩어져 무의식을 만드는데, 그것이 영혼이나 마음으로 오해되기도 하는 것입니다. 그러므로 우리는 어떤 일이든지 아예 처음부터 일이 생기자마자 바로 좋고, 아름답고, 긍정적이고, 착하게 받아들이고 기억을 해둬야 후에 망각을 해도 나쁜 무의식으로 괴로워하지 않습니다."

사람들은 전 위원의 말에 완전히 빠져들어 깊은 생각에 젖어 있었다. 전 위원의 말은 계속 되었다.

"결국 모든 것은 생각입니다. 마음도, 영혼도, 자신이 생각하는 것에 달려 있습니다. 이미 지나간 실수나 부끄러운 일들도 젊은 시절의 성장과정으로 자연스럽게 받아들여야 합니다. 아기 때 벌거벗은 것을 당연히 여기는 처녀와 같습니다. 누구에겐가 잘못한 것이 있다면 죽기 전에 꼭 그 사람에게 찾아가 사죄하고 용서를 받아야 합니다. 그 아들의 아들을 찾아 가서라도 꼭 용서를 받아야 합니다. 그것이 스스로를 위하는 일입니다. 그러면 과거와 현재와 미래의 생각들을 모두 아름답고 행복하게 정리할 수 있습니다. 그 아름다운 기억들이 바로 내가 영원히 들어갈 천국입니다."

운하는 옆자리의 명신을 쳐다보았다. 두 사람의 눈이 마주쳤다. 둘 다 웃지 않았다. 놀라웠다. 지금 'FACT'는 이미 두 사람의 생각 범위 밖에서 하나의 체계를 만들어가고 있는 것이었다. 운하는 순간 이렇게 종교가 만들어지는구나 했다. 온몸에 전율이 일었다. 전 위원의 말이 계속 이어졌다.

"모든 종교에서는 육체의 욕망을 죽이는 금욕생활을 천국에 가는 길이라 합니다. 그러나 그것은 천국을 연습하는 것입니다. 인간은 누구나 몸 없이 업그레이드 안 되는 생각만으로 영원히 있어야 하는 것인데, 그때 미련이 남거나 행복하지 않거나 육체를 갈망하면 영원히 괴로운 것입니다. 우리는 죽는 순간을 항상 준비해 둬야 합니다. 그때 행복해야 합니다. 사고로 갑자기 죽어도 그 순간 행복해야 합니다. 9.11 사고 때나 여러 극한 사고 때에 그들은 가족에게 전화하여 사랑한다, 그동안 행복했다고 했습니다. 지금부터 우리도 죽는 순간을 위해 우리의 생각들을 깨끗이 해둬야 하는 것입니다. 우리는 지금 이 순간 그 시간이 있으니 행복한 사람들입니다."

놀랍게도 전 위원의 표정은 순간 모든 것을 초월한 현자의 얼굴이 되어있었다.

"그때 미련이 남거나 행복하지 않거나 육체를 갈망하며 영원히 괴로워하고 있는 것들이 인간의 육체를 다시 점령하려 하는 겁니다. 그것을 사람들은 귀신이라고 부릅니다. 그것은 마치 바이러스와 같습니다. 바이러스는 생물이 아니지만 세포에 작용하면 같이 생물이 되어 그 세포를 자신의 의도대로 작동시킵니다. 그것들도 마찬가지입니다. 그것은 인간의 뇌로만 수신이 가능한 정보입니다. 그것은 우리의 뇌를 노립니다. 우리 팩티스트들은 그것들에게 절대 우리의 육체를 빼앗기면 안 됩니다. 그것은 바로 뇌이고, 뇌는 생각입니다. 바로 우리 생각을 어떤 것에게도 점령당하지 말고 깨끗하게 지키는 것이 내가 사는 길입니다. 그냥 누구나, 아예, 작심하고, 스스로 착하게 살겠다고 지금 결심하는 거지요. 그것이 바로 천국이고, 극락입니다."

전명민 위원의 말이 끝났다. 그제야 그는 다시 후덕한 웃음을 지었다.

사람들이 박수를 쳤다. 모두들 기쁜 표정이었다. 그들은 이미 상당한 경지의 사람들인 듯했다. 언제라도, 어떤 경우에라도, 행복하게 죽을 준비가 되어 있는 것처럼 보였다.

김 여사가 함께 웃으며 말했다.

"이제 선지자님께서 우리에게 한 말씀 해주시겠습니다."

사람들이 기대에 찬 표정으로 운하를 보았다.

운하는 명신을 한 번 쳐다보고는 자세를 바로 잡았다.

232

"안녕하십니까? 반갑습니다. 무엇보다 인사가 늦어 죄송합니다."

사람들이 박수로 맞았다. 명신도 기대 반, 걱정 반의 얼굴로 조용히 박수를 쳤다.

"저는 여러분들도 다 아시듯이 평범한 사람입니다. 어느 날 한겨울 새벽에 우연히 속초에 갔다가 돌아가신 목사님의 일기장을 우연히 봤습니다. 제일 먼저 본 사람이 그 노트를 보관해달라고 쓰여 있었습니다. 저는 그때 삶의 특별한 목적도, 기쁨도, 행복도 없을 때였는데, 그 노트를 읽는 순간 새로운 세상이 제게 열렸습니다. 저 자신의 의미를 알게 되었습니다. 그리고 그 내용에 저는 반론을 낼 수가 없었습니다. 저는 철학적인 사람도, 종교적인 사람도 아닙니다. 그러나 저 같은 사람이 하나라도 생긴다면, 저는 그 내용을 세상에 소개할 가치가 있다고 생각했습니다. 그리고 오늘에 이르렀습니다. 저는 지금 행복합니다."

사람들이 박수를 쳤다. 운하는 명신과 눈이 마주쳤다. 명신은 웃지 않았다. 예의 그 반짝이는 눈으로 그를 빤히 바라보고 있을 뿐이었다.

"저는 여러분을 보면서 무엇보다도 서로 종교나, 철학이나, 직업이나, 나이나, 성별 등이 모두 다른데도 부딪힘이 없이, 서로 자신의 정체성을 지키면서 한 공동체를 이루고 있는 것에 감탄하고 경의를 표합니다. 조금 전 전명민 선생님이 해주신 말씀대로 우리는 언제라도 행복한 상태에서 죽을 수 있도록 준비를 해두어야 한다고 생각합니다. 좋은 생각을 관리하고, 모든 인간이 가지고 있는 인간의 신성인 양심을 따르면 그건 어렵지 않다고 생각합니다. 따로 공부하거나 따로 배울 필요도 없습니다. 그리고 우리는 무엇보다 좋은 추억을 많이 만들어 두어야 합니다. 그것이 바로 우리가 영원히 먹을 양식입니다. 마치 산모가 뱃속의 아이를 위해 태교를 하듯이 조심스럽게 자신의 영원을 위해 자신을 사랑해야 합니다. 좋은 것을 보고, 좋은 생각을 하고, 좋은 음악을 듣고, 좋은 음식을 먹고, 좋은 사랑과 좋은 섹스를 하고, 좋은 기억을 관리하는 거죠. 그리고 앞으로 인간의 과학은 날로 발전하여 인공지능과 뇌의 정보가 서로 교류하고 합치되는 날이 올지도 모릅니다. 그래도 가장 중요한 것은 인간의 몸입니다. 인간의 몸은

온 우주의 마지막 결정체입니다. 소중하게 여겨야 합니다. 지금 내가 살아서 느끼고 있는 내가 바로 나인 것입니다. 이것을 감사해야 합니다. 그것은 그 자체로 세상 어느 것과도 바꿀 수 없는 소중한 것입니다. 우리 모두 지금 살아서 내 이 살과 몸을 만질 수 있는 것에 감사하고, 이를 소중하게 여깁시다. 저는 이것이 모든 것의 시작이고 끝이라고 생각합니다."

운하는 사람들과 인사하고 밖으로 나왔다. 하늘엔 강원도의 맑은 밤하늘에 수도 없이 많은 별들이 눈이 부실 만큼 촘촘히 박혀 있었다. 운하는 명신의 손을 꼭 잡고 가로등 아랫길을 걸어 언덕을 올랐다. 그때까지 두 사람은 아무 말도 하지 않았다. 한참을 걸어 숙소 앞에 이르자 명신이 운하를 돌려 세우고 그 품을 파고들었다.

"사랑해요. 여보."

명신이 운하를 올려보며 촉촉한 목소리로 말했다.

운하는 숙소 앞에 선채로 그녀를 오래 동안 안고 있었다.

모든 것이 좋았다.

그러나 거기까지였다.

사건은 다음날 아침에 터졌다.

그것은 마치 모든 것을 한순간에 쓸고 가버리는 쓰나미와 같았다.

다음날 아침, 운하와 명신은 여느 때와 같이 식판을 들고 자리에 앉았다.

조금은 이른 아침식사 시간인데도 그날은 사람들이 예전보다 북적였다. 그러나 뭔지 모르게 식당 안의 분위기가 좀은 어수선하면서도 긴장된 듯했다. 처음 보는 남자들이 있었고, 그 안에 정복 경찰도 보였다. 사람들은 끼리끼리 모여 앉아 식사보다는 얘기들을 하고 있었다. 운하는 명신을 쳐다보며 의아한 표정을 지었다. 명신은 신경 쓰지 말라는 듯, 자신의 반찬을 덜어 운하의 밥 위에 얹어 주었다. 그때, 김 여사가 식판을 들고 그들 앞에 앉았다.

"무슨 일이 있는가보죠?"

운하가 눈으로 인사를 하며 물었다.

"네. 어제 밤에 이미연 총무가 자살을 했어요."

김 여사가 아직 몰랐냐는 듯이 낮은 소리로 대답했다.

236

"네에?"

운하는 하마터면 들고 있던 수저를 떨어트릴 뻔했다.

"아까 새벽에 직원이 발견했어요. 숙소에서 스스로 번개탄을 피웠다더군요. 이유는 아직 모르고요."

김 여사는 낮게 말하고는, 식사를 멈추고 자리에서 일어나 식당을 나갔다.

운하와 명신은 서로 놀란 표정으로 주변을 둘러보았다. 여전히 식당의 분위기는 어수선하고 긴장감이 역력했다.

그때, 운영위원인 전명민과 오윤근이 심각한 얼굴로 다가왔다.

"드릴 말씀이 있습니다."

걱정스런 얼굴로 두 사람을 바라보는 운하에게 오윤근이 말을 이었다.

"잠깐만 식당 앞 벤치에서 뵙죠."

앞서 나가는 두 사람을 따라 운하는 하던 식사를 멈추고 명신과 함께 식당 앞 벤치에 앉았다. 잘 다듬어진 화단 앞에 원목으로 서로 마주 앉게 짜인 벤치엔 5월의 향기가 지금 상황에 어울리지 않게 덮여있었다. 몇몇 사람들이 불안하고 궁금한 표정으로 힐긋힐긋 그들을 보며 식당 안으로 들어갔다.

"무슨 일입니까?"

운하가 먼저 입을 열었다.

"얘기 들으셨어요?"

오윤근이 두 사람을 보고 물었다.

"네. 아까 간단히 듣기는 했습니다만…."

"오늘 새벽에 이미연 총무가 스스로 목숨을 끊었습니다."

"네. 얘기 들었습니다. 무슨 일입니까?"

"심각합니다. 유서가 나왔는데…."

얼굴이 붉게 상기된 전명민이 말했다.

"그런데요?"

"그 내용이 충격적입니다. 아무도 상상할 수도 없는 일이 벌어졌습니다."

운하가 명신을 쳐다보았다.

"이미연 총무가 십 년 동안이나 박진덕 목사에게 성폭행을 당하고 있었다는 겁니다."

"네에?"

운하는 순간적으로 소름이 돋았다. 명신이 놀라 운하의 품으로 얼굴을 숨겼다.

"그건 아무 것도 아닙니다."

오윤근이 전명민의 말을 받아 이었다.

"지금까지 박진덕 목사는 아무도 모르게 이곳 팩트하우스 입주자들에게 총 60억 원이 넘는 돈을 받아내서 사적으로 착복을 했습니다."

"네에? 아니, 어떻게 그런 일이 가능합니까?"

운하가 믿지 못하겠다는 듯이 말했다.

"이곳은 아시듯이 이연우 회장님 개인이 모든 재정을 책임져 왔습니다. 모든 팩티스트들은 입주 때부터 지금까지 모든 것이 무료였습니다."

"네. 그런데요?"

"박진덕 목사는 이곳 팩티스트들이 입주할 때에 한 가족 당 적게는 수천만 원에서 많게는 수억 원에 이르기까지 60억 원이 넘는 돈을 찬조금 명목으로 입주금을 따로 받아 아무도 모르게 챙겼습니다. 그 모든 일을 실제로 담당했던 실무자가 바로 그 교회 여선교회회장이었던 이곳 총무 이미연 집사입니다. 사람들은 당연히 이미연 총무가 우리 팩트하우스의 공급을 접수하고 있는 줄 알고 어느 누구도 의심하지 않았습니다. 황당하지만, 모든 사람들의 착한 마음을 그 두 사람은 철저하게 지금까지 농락한 것입니다."

"그래서 이 총무가 자살한 겁니까?"

"네. 유서의 내용은 그렇습니다. 박진덕 목사의 처벌을 요구했습니다. 자신의 죽음으로요."

이 말을 하면서 오윤근은 분노를 감추지 못했다.

전명민이 말을 이었다.

"이미연 총무는 그 일이 비밀스럽게 속으로 너무 커지자 감당하기가 버거웠던 부분도 있었던 듯합니다. 그래도 아주 강하게 박진덕 목사의 처벌을 요구했습니다. 자신의 인생 전부가 그로 인해 완전히 파괴되었다고 고발하고 있습니다."

전명민은 긴 한숨을 한 번 몰아쉬었다.

"절대 있어서는 안 될 일과 사람이 우리 속에 버젓이 있었던 겁니다."

운하는 어이가 없었다. 그리고 순간적으로 두려움을 느꼈다. 이 정도라면 이건 괴물이었다. 앞으로 어디서 어떻게 튀어나올지 모르는 괴물들. 운하의 가슴속에 이름도 없이 자리 잡고 있던 그 두려움의 실체가 지금 모습을 드러내기 시작했다.

"지금 수사기관에 그 유서가 전달되었고, 곧 박진덕 목사에 대한 경찰 소환이 있을 겁니다."

오윤근이 전직 경찰답게 냉정하게 말했다.

"오늘 점심 식사 후 오후 2시에 식당 2층 회의실에서 긴급 운영위원회 전체 회의가 있을 겁니다. 선지자님도 함께 참석을 하시지요. 박진덕 목사도 참석하여 소명하는 순서가 있습니다."

전명민이 말했다.

"아닙니다. 저는 참석하지 않겠습니다. 제가 관여할 일이 아닌 것 같습니다. 그리고 저는 감당이 안 되네요."

운하가 명신을 쳐다보면서 말했다. 명신도 같은 뜻인 듯 고개를 끄덕였다. 명신은 충격에 얼굴이 하얗게 되어 있었다.

그날은 그렇게 지나가는 듯 했다.

그러나 더 놀라운 일은 잠시 후 일어났다.

2층 회의실엔 긴 침묵이 흐르고 있었다.

둥글게 자리 잡은 소파엔 6명의 운영위원들이 심각한 얼굴로 앉아 있었고, 그 한가운데에 박진덕 목사가 서있었다.

오윤근 위원이 이미연 총무의 유서를 낭독한 후였다.

긴 침묵을 깨고 박진덕 목사가 입을 열었다.

"… 전 이미연 집사님을 사랑했습니다."

"그래도 당신은 아내와 가정이 있는 교회의 목사가 아닙니까?"

오윤근 위원이 말했다.

박진덕 목사는 대답 대신 중얼거리듯 말을 이었다.

"그리고… 저는 그 돈을… 전부 하나님의 거룩한 성전을 건축하는 일에만 사용했습니다."

"… 미친 놈!"

누군가 조용히 말했다.

전명민 위원이 자리에서 일어났다. 모든 위원들의 결의된 의견인 듯 그는 차분히 말했다.

"지금 이 사태는 어떤 것으로도 해결할 수 없는 위중한 일입니다. 우리 모든 운영위원들의 뜻과 이름으로 박진덕 위원의 죽음을 권고합니다."

전명민 위원이 자리에 앉자, 오윤근 위원이 자리에서 일어나 창가로 갔다. 그의 손엔 얇은 밧줄이 들려 있었다. 그는 창틀에 그 밧줄을 묶어 창밖으로 늘어뜨렸다. 그리고는 아무 말 없이 밖으로 나갔다. 한 사람씩 일어나 조용히 밖으로 걸어 나갔다.

혼자 남은 박진덕 목사는 천천히 창가로 걸어갔다.

창밖으로 보이는 바닷가의 5월 하늘은 마치 수정처럼 맑았다. 창밖으로 멀리 보이는 파란 바다의 끝이 선명하게 나타났다. 창문으로 들어온 바람 사이에 산 냄새가 함께 끼어 있었다.

그는 창틀 위에 올라서서 씽긋 웃었다.

"…"

운하는 숙소 창가에 앉아 밖을 보고 있었다. 명신이 편안한 자세로 운하의 품에 기대앉았다. 두 사람은 아무 말이 없었다. 운하는 명신의 머리칼을 긴 손가락으로 쓸어내리며 깊은 상념에 빠졌다.

어떻게 해야 하나? 지금 이 상황이 무슨 의미인가?

지금껏 가지고 있던 'FACT'의 가치가 흔들려야 하는 건가? 이제 자신의 생각과 행동을 바꿔야 하는 건가? 박진덕이라는 한 사람의 일탈인가? 아니면, 이 모든 구성원들이 가지고 있는 구조적 한계인가? 여기에 계속 있어야 하나? 자신의 책임은 어디까지일까? 생각에 생각이 꼬리를 물고 이어졌다.

"시장하지 않으세요? 우리 점심 먹으러 내려갈까요?"

명신이 손가락을 꼼지락거리며 물었다. 시간은 벌써 점심때를 한참 지나고 있었다.

"아뇨. 생각 없어요. 당신 시장하면 내려가서 식사하고 와요."

"아뇨. 나도 밥 생각 없어요. 아니, 밥 먹기 싫어요."

명신도 지금 감정이 복잡한 듯 짧게 말했다.

지금까지 명신은 언제 어디에서나, 어떤 상황에서도, 운하와 항상 같은 생각을 신기할 정도로 해왔다. 그렇다면 지금도 명신은 운하와 같은 여러 생각을 하고 있을 터였다.

"우리 이제… 어떻게… 할까요…?"

운하가 먼저 어렵게 입을 열었다. 운하의 다리를 베고 멀리 창밖을 보고 있던 명신이 고개를 돌려 운하를 올려다보았다. 명신은 다시 평화로운 표정으로 돌아와 있었다. 그 얼굴에서 운하는 잘 기억도 나지 않는 어머니의 얼굴을 보았다. 지금이라면 어머니의 얼굴이 아마 저 얼굴이었을 거라 그는 생각했다. 그는 명신의 얼굴을 보는 것만으로도 바로 평정심을 찾았다.

"하늘이 참 맑지 않아요?"

명신이 웃으며 말했다. 그리고는 뜬금없이 말했다.

"사람이네요. 우리 모두…."

그날 바닷가의 5월 하늘은 마치 수정처럼 맑았다. 창밖으로 멀리 보이는 파란 바다의 끝이 선명하게 나타났다. 우리 모두 사람…. 그 말 한 마디가 운하의 머리에 박혔다. 그는 참 무서운 말이라고 생각했다. 모든 것을 덮어줄 수도 있고, 모든 것을 포기할 수도 있는 한 마디의 말이었다. 명신이 손가락을 꼼지락 거리며 운하의 다리를 간지럽혔다.

"사랑해요. 여보…."

명신이 운하의 얼굴을 바로 쳐다보면서 말했다. 운하

도 눈길을 피하지 않고 그녀의 뺨을 만져 주었다. 두 사람은 아무 말 없이 오랫동안 서로를 바라보았다. 문 틈으로 들어온 바람 사이에 산 냄새가 함께 끼어 있었다. 명신이 쑥스러운 듯 일어나 작은 TV를 켰다. 두 사람은 순간 자세를 바로 하고 앉았다. 서로 맞잡은 손에서 땀이 흘렀다.

〈팩트교 교주 박진덕! 팩트교 집단 거주지 식당 2층 창틀에 지금 목매 자살!!!〉
〈여비서 10년간 성폭행!! 집단 거주지 입주자들에게 60억 원 사기, 횡령!!!〉
〈여비서의 자살로 치부 드러나자 경찰 수사 앞두고 자살!!〉

화면에서는 지금 밖의 식당 풍경이 속보로 뜨고 있었다. 박진덕 목사의 시신이 실려 나가는 장면이 실시간으로 나왔다. 현재 시간은 4시 10분이었다.
그렇다면 2시에 운영위원회가 있다고 했으니, 그 후 바로 박진덕 목사가 그 자리에서 죽은 셈이었다. 운하는 한숨을 길게 내쉬었다.

246

"우리가 팩트교네요. 여기는 팩트교 집단 거주지이고요."

명신이 신음처럼 말했다.

"박진덕 목사가 팩트교 교주입니다."

운하가 중얼거렸다.

두 사람은 한참 동안 아무 말도 안 했다.

"이건 아닙니다."

운하가 단호하게 말했다. 그러자 명신이 운하의 손을 잡고 조용히 그 품에 얼굴을 묻었다.

"…. 여보. 우리 여기서 나가요."

운하가 명신을 꼭 껴안았다.

이렇게 모든 것은 끝났다.

1년 후.

바닷가 해변 바로 옆, 작은 해수욕장 모래사장이 바로 마당 앞까지 작은 도로를 사이에 끼고 와 있었다. 작은 파도들이 하얀 거품을 내며 기분 좋게 몰려오고, 가끔 외지인들의 차들이 도로를 지나가며 길 옆 하얗고 작은 이층집을 부러운 듯 천천히 지나갔다.

"여보, 어서 나오세요. 늦겠어요."

명신이 상아색 닛산 큐브 자동차 운전석에서 큰 소리로 불렀다. 넥타이를 맨 말쑥한 정장 차림의 운하가 조수석에 타자 자동차는 잔디로 잘 정리된 마당 옆 차고를 빠져나가 해변도로로 올랐다.

"오늘은 웬 일이야? 아침부터? 직접 운전을 다하시고?"

운하가 기분 좋은 표정으로 말했다.

"제가 태워 드릴게요. 오늘 포구에 배가 많이 들어왔데요. 내려드리고 올 때 어시장에 들릴 거예요."

명신이 행복한 표정으로 말하며 선글라스를 꼈다. 운하는 차창 밖을 보았다.

아침 동해바다의 신선한 물보라가 해변에 꽃처럼 피어나고 있었다. 운하는 가슴이 터질 만큼 좋았다. 운전대 위에 있는 명신의 손을 포개 잡았다.

"이제 내리세요."

자동차는 어느새 시내로 들어섰다.

"기대 하세요. 오늘 저녁 밥상엔 제가 바다를 통째로

옮겨 놓을 거예요."

웃으며 내리는 운하의 등 뒤에 명신이 말했다.

운하가 법원 앞 사무실에 들어서자 30대 초반의 사무
장 한구가 반갑게 인사했다. 깨끗이 정돈된 사무실 입
구에 앉아 있던 여사무원 경미도 자리에서 일어나 웃으
며 고개를 숙였다. 운하는 중앙 소파 옆 자신의 책상에
상쾌하게 앉았다. 한구가 오늘의 일정표와 현재 진행되
고 있는 재판 기록들을 운하에게 건넸다. 그때 책상 위
의 전화벨이 울렸다. 운하는 수화기를 들었다.

"여보세요?"

"안녕하세요? 선지자님. 저 오윤근입니다."

운하는 깜짝 놀랐다. 일 년간 잊고 살던 이름이었다.

"아, 네. 운영위원님. 안녕하세요? 어찌 그동안 잘 지
내셨어요?"

"네. 저희들은 잘 지내고 있습니다. 선지자님께서 속
초 시내에 변호사 사무실을 개원한 것도 잘 압니다. 그
동안 연락 못 드려 죄송합니다."

"아닙니다. 그런데 어떻게 전화를…?"

"네. 그때 선지자님들께서 나가실 때 우리 팩트하우스 입주자들도 한 반은 떠나셨습니다."

"네…. 대충 소문으로 들어 알고 있습니다."

"지금은 다시 다른 분들로 다 채워졌습니다. 오히려 그 일로 다행인 것은 그때까지 모든 입주자들이 자신들이 낸 기부금으로 팩트하우스가 운영되는지 알았지, 이 연우 회장님 한 분이 모든 재정을 책임지는지 모르다가, 그 후 모든 사실을 알고 자발적으로 재정을 스스로 해결하는 자립 공동체가 되었습니다. 그리고 그 60억 원은 인천의 소망교회에서 전부 변제하여 해결되었습니다."

"네. 잘되었군요."

"우리 운영위원들은 팩티즘의 창시자이신 이영문 님의 제자로서 사명감을 가지고 세계 모든 팩티니티를 위해 헌신하고 있습니다."

"네에…? 이영문 님이요?"

운하는 당황했다.

"네. 그렇습니다. 우리는 이영문 님이 실존하시는 분이 아니라고 해도 상관없습니다. 환상이든, 꿈이든, 영혼이든, 상관없습니다. 그분은 우리에게 진리의 말씀을 주셨고, 우리는 그 진리의 말씀인 'FACT'로 그분을 만나니까요. 그분은 'FACT'라는 말씀으로 우리에게 영원히 살아계십니다."

운하는 숨이 막혔다. 박진덕 목사가 교주가 되더니, 이젠 운하가 가명으로 만들어낸 이영문이라는 사람이 그들의 팩티즘을 창시한 교조가 된 것이다. 자신은 선지자로 불렸고.

"우리들은 전원 만장일치로 전명민 운영위원님을 세계 팩티니티 연합회 다음 총회장님으로 모시기로 했습니다."

"네에?"

"그리고 우리들은 그동안의 모든 일들을 처음부터 다 알고 있는 최민우 운영위원님이 『소설 팩트』의 출판 과정에서부터 지금까지를 전부 기록하여 『진실』이라는 제목으로 출판을 하고 우리 모든 팩티스트들이 행전으로 사용하려고 합니다."

"네?"

"지금 선지자님께 전화 드린 것도 그 때문입니다. 그

『진실』이라는 책 속에 선지자님의 이름이 등장하기 때문입니다. 있는 그대로만 기록된 것이기는 하지만, 그래도 오늘 제가 사전에 전화를 드리고 허락을 받아야 하겠기에 연락 드렸습니다."

운하는 잠시 생각을 했다. 전혀 의외의 상황이었던 것이다.

"네에…. 잘 알겠습니다. 하지만 제가 관여할 일은 아닌 것 같습니다. 아무튼 모든 분들이 건강하시길 바랍니다."

운하는 전화를 끊고 자리에 깊숙이 등을 대고 앉았다. 한구와 경미가 무슨 일인가 하는 표정으로 운하를 보았다. 운하는 책상에 고개를 묻었다.

운하는 현관문을 열고 들어섰다.

맛난 음식 냄새가 집안 가득했다.

"여보. 나 왔어요."

운하가 신을 벗으며 말했다. 오늘 운하는 하루 종일 명신이 보고 싶었다.

자그마한 1층은 서재와 응접실, 식당, 욕실이 탁 트인

한 공간에 있었고 그 중간에 2층으로 오르는 작은 계단이 마치 잘 꾸며진 작은 카페와 같았다.

"네. 가요."

명신이 2층에서 계단으로 내려오며 말했다. 부드러운 원피스 차림의 아름다운 명신이 운하에게 웃으며 다가왔다. 식탁 위엔 싱싱한 해산물들이 색색대로 조화롭게 음식으로 차려져 있었다. 명신이 자랑하듯 운하의 손을 끌고 와서 식탁 앞에 섰다.

"어서 손만 씻고 앉으세요."

명신이 냉장고에서 와인을 한 병 꺼내며 말했다. 마당 쪽으로 난 커다란 현관 창밖으로 외옹치가 보였다. 운하는 모든 번잡한 생각들이 한순간에 사라지는 것을 느꼈다.

"고마워요. 여보."

운하는 명신의 손을 꼭 잡았다.

"어서, 어서, 손 씻고 오세요."

두 사람은 식사를 마치고 현관 창가 소파에 앉았다. 마치 극장 스크린과 같이 큰 유리창이 앞에 있고 긴 소파는 관객석과 같이 자리 잡고 있었다. 두 사람은 창문을 열었다. 이제 어두워진 바다는 그대로 거기 있었다. 서늘한 바닷바람이 훅 들어 왔다. 오른쪽에는 외옹치가 아주 가깝게 바다에서 절벽으로 올라 서있었다. 운하는 처음 명신을 봤던 곳도 외옹치 절벽 끝에 바다 쪽으로 향한 하나의 낡은 벤치였던 것을 기억했다. 지금. 내 아내. 최명신. 운하는 속으로 그 이름을 불러봤다. 운하는 와인 잔을 들어 명신과 함께 나눠 마셨다.

"여보. 난 이제야 정오정 목사님의 속마음을 알 것 같아요. 그리고 왜 여기 와서 조용히 돌아가셨는지도… 알겠어요."

운하가 조용히 말했다.

"저도요. 평화로워요. 저는. 지금요. 그리고…. 저는 하나님을 사랑해요. 지금도요. 저는 평생 동안 하나님을 사랑했어요. 그분은 제게 나쁘게 하신 적이 한 번도 없으세요. 제가 그분을 떠날 이유가 저는 없어요. 저는 정오정 목사님을 통하여 많은 것을 알았어요. 그런데 저는 사실 그 모든 것이 중요하지는 않아요. 어차피 그 모든 신의 세계는 우리 인간이 알기에는 역부족이라는 것을 저는 잘 알아요. 결국 증명할 수도 없어요. 그런가 보다 하는 정도로만 알아도 충분해요. 그리고 저는 부활을 믿어요. 하나님과의 영생도 믿고요. 이건 모든 그리스도인들의 기본적인 믿음이에요."

명신이 웃으며 말을 이었다.

"근데, 아직 모르는 게 딱 하나 있어요. 우린."

"…?"

"아기요. 우리 둘의 몸 일부가 반씩 모인 우리 둘을 꼭 닮은 아기요."

명신이 눈을 반짝이며 말했다.

"아기를 가지고 싶어요. 그래서 우리 둘이 그 아기로 영원히 함께 살아 있고 싶어요…. 그리고 그 아기가 자라는 걸 보고 싶어요."

운하는 고개를 끄덕였다.

명신의 눈에서 눈물방울이 하나 떨어졌다.

둘은 창밖 밤바다를 오랫동안 바라보았다.

… 운하가 와인을 한 모금 마신 후 침묵을 깨고 말했다.

"여보. 오늘 누구에게서 전화가 왔는지 알아요?"

명신이 정신이 드는 듯 쳐다봤다.

"팩트하우스 운영위원인 오윤근 씨에게서 아까 전화가 왔어요."

"그래요? 어찌 잘들 지내시나요?"

명신이 대수롭지 않게 물었다.

"응. 별 일 없데요."

운하는 자세한 얘기는 하지 않았다.

"그런데, 여보. 진실이 뭘까요?"

"…?"

"진실이 뭐지요?"

운하가 재차 물었다.

"진실이요?"

명신이 웃으며 대답했다.

"진실은… 지금 이 순간이요. 당신과 저요. 지금 이 순간 보고 만지고 있는 이것이요. 평화와 사랑과… 그리고 이 순간 우리 둘 다 같이 살아 있는 이것이요."

명신이 운하의 뺨을 곱게 만져 주었다.

그날 운하는 그동안의 모든 꿈이 비로소 현실이 되었다. 다시는 꿈꾸는 것 같지 않았다.

두 사람은 밤새도록 서로를 만지고, 냄새를 맡고, 느꼈다. 둘 다 영원히 기억해두어야 할 행복이었으므로….

그리고 또 6년의 시간이 지났다.

백사장 옆으로 길게 늘어선 송림 사이 공터에 있는 마치 동화 속의 조그만 성처럼 지어진 작고 예쁜 하얀 교회에선 단정하게 머리칼을 정리하고 빨간 넥타이에 짙은 색의 슈트 차림을 한 30대 초반쯤의 조금은 예쁘장하게 생긴 목사가 설교를 하고 있었고, 사모인 듯한 여인이 정숙한 모습으로 피아노 앞에 앉아 남편을 존경스럽게 보고 있었다. 조그마한 예배당엔 15명 정도의 나이 먹은 사람들이 바닷가 사람들 특유의 피부 빛을 하고 한껏 경건한 모습으로 목사의 설교를 경청했다. 예배당 뒷줄쯤 긴 의자에 이제 막 백일쯤은 넘었을 듯한 사내아기를 소중하게 안고 있던 명신은 올려 보며 운하의 손을 잡아주었다. 운하도 싫지 않은 듯 명신의 손을 잡고 아기의 발을 조몰락거렸다. 명신이 웃었다.

팩트하우스에서 나온 3년 후쯤부터 명신은 다시 교회로 돌아왔다. 운하는 여느 남편들처럼 아내를 따라 운전기사가 되어주었다.

젊은 목사가 큰 소리로 열정에 가득하여 말했다.

"하나님이 세상을 이렇게 사랑하셔서 외아들이신 예수님을 이 땅에 보내주셨습니다. 그래서 이제 우리는 누구든지 그 예수님을 하나님의 아들이라고 믿기만 하면 다 영생을 얻게 됩니다. 구원을 받는 것입니다. 그렇기 때문에 우리는 모두 진지한 마음으로 예수님을 믿어야 합니다."

운하는 목사의 설교를 듣는 둥 마는 둥 아예 허리를 명신에게로 숙여 아기의 뺨을 자신의 얼굴로 비볐다. 이제는 늦은 나이가 되어버린 그와 명신에게 기적처럼 다가온 아들이었다. 명신의 눈을 꼭 빼닮은 아기는 그 반짝이는 눈을 깜빡거리며 아빠와 눈을 맞추며 웃고 있었다.

명신이 운하의 어깨를 살짝 치며 속삭이듯 조용히 말했다.

"여보. 이제 다민이 그만 보고 목사님 설교 들으세

요.”

아기의 이름이 다민이었다. 많을 ‘다’에, 백성 ‘민’. 많은 사람에게 사랑을 받고, 많은 사람에게 사랑을 주는 사람이 되라고 운하가 직접 지었다.

운하는 깜짝 놀란 듯 목사님을 한번 힐끗 보고는 자세를 바로 잡았다. 이젠 두 사람도 어느덧 50대를 바라보는 중년의 매력적인 부부가 되어있었다.

목사님의 설교가 끝났고 모든 예배 순서가 마쳐진 후, 명신은 한 시간 동안이나 주일학교 예배를 인도하고 차에서 아기와 함께 기다리고 있던 운하에게로 와서는 그대로 운전대에 앉아 시동을 걸고 웃으며 말했다.

“우리 다민이 안 울렸지요?”

“넵! 마님!”

운하가 기분 좋게 대답했다.

“당신, 목사님 말씀 좀 경청하세요. 설교 듣는 자세가 그게 뭐예요? 창피해서 혼났어요.”

명신이 짐짓 눈을 흘기는 시늉을 하며 말했다.

“죄송합니다. 마님!”

운하는 어색하게 농담조로 말을 하고는 이 순간을 넘

기고 싶었다.

"오늘 목사님의 설교 말씀은 성경을 한마디로 결론 낸 중요한 말씀이에요. '하나님이 세상을 이처럼 사랑하사 독생자를 주셨으니 이는 그를 믿는 자마다 멸망하지 않고 영생을 얻게 하려 하심이라 하나님이 그 아들을 세상에 보내신 것은 세상을 심판하려 하심이 아니요 그로 말미암아 세상이 구원을 받게 하려 하심이라'는 요한복음 3장 16-17절의 말씀이에요. 그 자세한 방법을 우리 인간은 아직 확실하게 몰라도 결론은 그것이에요. 과학에서도 한 지점에서 다른 한 지점으로 전자가 가는 길은 직선만이 아니잖아요? 무한대의 길이 있잖아요? 같은 시간에 저 우주 끝까지 갔다가 그 지점으로 갈 수도 있어요. 그러니 이제 우리 그냥 그 말을 믿어요."

명신이 진지하게 말했다.

"알았어요. 그렇다고 쳐요…."

운하가 웃었다.

"그래요. 여보. 그것이 바로 믿음이에요. 그렇다고 치는 것이지요. 어려운 것이 아니잖아요? 그것이 바로 믿

260

음이라고요."

자기도 모르게 목소리를 높였던 명신이 조금은 미안한 듯 운하를 보며 진지하게 말했다.

"당신 아직도 'FACT'에서 못 빠져 나왔어요?"

"빠져나오고 말고가 어디 있어요? 그거야 영원한 비밀일 텐데…."

운하가 조용히 말했다. 그는 갑자기 옛날 외옹치와 설악산 아래 팩트하우스에서의 추억이 생각나는 듯했다.

"아니에요. 언젠가는 다 드러나겠지요."

명신이 말했다.

"네. 이 지구에 네안데르탈인이나 공룡들이 사라진 것처럼 지금 이 인류가 멸종되고 새로운 인간종이 지금 우리와 똑같은 방식으로 새로 생겨난 그 후에는요…."

운하가 조금은 시니컬하게 말을 받았다.

"아뇨. 예수님이 재림해 오실 그때에요. 사실은 바로 내일일지도 몰라요."

"그래요. 또 모든 사람들이 누구나 죽은 다음엔 바로 모든 사실들을 각자가 직접 알게 되겠지요."

운하가 끝까지 말을 받을 기세로 대꾸를 이어가자 명신이 사랑스런 눈으로 운하를 보았다.

"여보. 그건 그때고. 지금 우린 당신과 다민이, 그리고 당신 아내 저 최명신이 이렇게 같이 사랑하고 살아 있잖아요? 우리 착하게, 행복하게 살아요. 그럼 다 되요. 당신도 이젠 보험 하나 든다고 생각하고 예수님을 믿으세요. 혹시 모르잖아요? 하나님의 아들인 것만 인정하면 되잖아요? 뭐가 어려워요? 정오정 목사님도 예수님이 하나님의 아들이라고 말했잖아요? 나는 당신이 만에 하나라도 불행해지는 것은 상상도 할 수 없어요."

"알았어요. 알았다고요. 이미 그러고 있다고요!"

운하는 웃었다. 운하에게 더 이상 논쟁은 의미가 없었다. 그는 지금 이미 천국에 있었던 것이다.

운전을 하며 운하를 잠깐씩 보는 명신이 아름다웠다. 품에 안은 아기가 뭐라 옹알이를 했다. 운하는 아기를 안고 얼굴을 비볐다. 행복했다. 이건 그에게 기적이었다. 모든 것이. 운하가 고개를 들고 생각난 듯 말했다.

"여보. 내가 한 가지 분명히 약속할게요. 나 김운하는 당신 최명신보다 절대 먼저 죽지 않을 겁니다. 당신은

262

분명히 천국에 갈 거고, 가는 그 순간만 안 아프면 되니까, 내가 절대 그 순간 내 품에서 안 아프게 할 거예요. 약속!!!"

명신이 한 손으로 운하의 무릎을 꼭 잡으며 말없이 미소 지었다.

운하가 말을 이었다.

"그리고 우린 다민이고, 다민이가 우리니까 아무 걱정 없어요. 죽어도요. 다민이 모든 세포의 반엔 당신이 있고, 다민이 모든 세포의 반엔 내가 있으니까 우린 죽어도 안 죽는 거예요."

운하는 갑자기 가슴이 터질 것만큼 고마웠다. 신기하고 행복했다. 명신 역시 운하와 같은 감동을 느꼈다. 예배당에 가서 예배를 드리고 남편과 아들과 함께 집으로 돌아가는 자신의 지금 모습이야말로 소녀시절부터 평생을 꿈꾸던 행복의 끝이었던 것이다.

그들은 곧 교회에서 멀지 않은 집에 도착했다. 명신은 마당의 작은 주차장에 차를 세우고 운하에게 아기를 받아 안으며 꿈같은 집을 바라보았다. 파도 소리가 유난히 크게 들렸다. 운하를 처음 본 그날처럼 갈매기 몇 마리가 꺼억 꺼억 소리를 내며 그들 옆을 날았다. 두 사람은 손을 잡고 집으로 들어가며 서로 웃었다.